7월 14일

7월 14일

에리크 뷔야르 장편소설
이재룡 옮김

14 JUILLET
by ÉRIC VUILLARD

Copyright (C) Actes Sud, 2016
Korean Translation Copyright (C) The Open Books Co., 2022
All rights reserved.

이 책은 실로 꿰매어 제본하는 정통적인 사철 방식으로 만들어졌습니다.
사철 방식으로 제본된 책은 오랫동안 보관해도 손상되지 않습니다.

뤼시에게

차례

티통 별장

〈폴리〉는 건축가의 광기, 왕족의 허세가 깃든 별장을 뜻한다.[1] 별장의 가볍고 섬세한 자태, 무수한 창문을 통해 들어오는 빛의 유희는 그곳에서 유행할 부르주아 취향을 예고했다. 팔라디오풍의 빌라를 모방한 그런 별장은 비트루비우스가 사업가를 위해 설계했을 법한 건물, 혹은 알베르티의 추종자가 지은 집 같았다. 그러나 부르고뉴, 보르도, 몽펠리에 근처, 루아르강 가 등 전국에 세워졌고, 외딴 구석에 몰려 피어난 목련과 이끼 긴 동굴, 환상적인 정자와 요염한 정원이 이채를 띠고, 오솔길에

---

1 프랑스어로 광기를 뜻하는 〈폴리folie〉는 호화로운 별장을 이르는 옛말이기도 하다.

서 양산을 쓴 많은 여자들이 여기저기 흩어져 걷는 폴리들 중 앙시앵 레짐[2] 말기에 명성을 떨친 곳은 단연 폴리티통이었다. 인류 역사상 최초로 두 명의 인간을 바구니에 태운 열기구가 이륙한 현장으로 유명세를 떨친 곳이다. 원구를 감싼 종이는 파리의 생탕투안에 위치한 폴리티통의 레베용 공장에서 출하한 것이었다. 그리고 폴리티통이 두 번째이자 마지막으로 이름을 떨친 적이 있다. 1789년 4월 23일, 왕립 채색 벽지 제조 공장의 소유주 장 바티스트 레베용은 지역구 선거인회에서 직공들의 급여를 낮추겠다는 취지로 발언했다. 그는 몽트뢰유 거리에 자리 잡은 공장에 3백 명이 넘는 인력을 고용하고 있었다. 안하무인의 태도로 주변을 경악시킬 만큼 직설적으로 내질러 버리는 이 사람은, 노동자들은 하루에 20솔이 아니라 15솔만으로도 충분히 먹고살 수 있고 심지어 몇몇 노동자들은 이미 **호주머니 속에 회중시계**를 넣어 다니며 머지않아 사장보다 부유해질 것이라고 장담했다. 레베용은 채색 벽지 제조업계의 왕이었고 전 세계로 제품

2 〈구체제〉로 번역할 수 있으며, 1789년 프랑스 혁명의 타도 대상이 된 절대 군주 체제를 가리킨다.

을 수출했다. 그런데 경쟁이 치열해지자 인건비를 줄이고 싶었던 것이다.

채색 벽지 유행을 이끈 마리 앙투아네트는 자신의 규방을 그림이 수놓인 벽지로 도배했다. 꽃이 만발한 캐노피 밑에서 비둘기를 품에 안은 사랑의 여신, 활시위를 당기는 천사 등은 괴기스럽고 목가적인가 하면 우스꽝스럽기도 했다. 스텐실 기법과 붓질로 탄생한 아름다운 채색화가 수놓인 벽지는 유럽 전역에서 유행했다. 장바티스트 레베용은 연이은 화려한 파티 석상에서 으깨진 산딸기색 조끼를 가느다란 손가락으로 가다듬고 우윳빛 목도리를 고쳐 매다가, 날로 국제 경쟁이 치열해지는 상황이니 직공들의 임금을 인하해야겠다고 진지하게 생각하게 되었다.

그런데 민중은 굶주려 있었다. 밀값이 치솟았고, 그 밖에도 곡식값이 전부 올라서 죄다 비싸졌다. 초석 공장의 소유주인 앙리오도 똑같이 임금 인하를 예고했다. 변두리 노동자 동네에서 불평이 들리기 시작했다. 저녁에 카바레에 모여든 사람들도 고래고래 소리를 지르고 욕설을 퍼붓고 앞으로 얼마나 오랫동안 집세를 낼 수 있을지 걱정하며 술잔을 들었다. 모두가 흥분하고 불안해했다. 1789년 4월 23일 밤은 토론과 불평과 분노로 가득한 길고 긴 밤이었다.

여러 차례 연기되었던 삼부회[3]가 열리기 직전이었다. 사람들은 하루 이틀 정도 시위에 나섰지만 헛수고였다. 레베용과 앙리오는 싸구려 술 몇 잔을 들이켜고 빵으로 배를 채우면 노동자들이 불만을 꿀꺽 삼킬 거라고 생각했을 터다. 아무렴, 그래야지! 그러고 나면 아침에 일터로 돌아가 먹고살기 위해 기계 앞에 쪼그리고 앉아 일을 할 것이다. 먹고살아야 할 것 아닌가! 그레브 광장에 모여 항의만 하며 일생을 보낼 순 없는 노릇이다. 그런데 항의 시위는 도무지 그치지 않았다.

당시 프랑스는 대기근을 겪고 있었기 때문이다. 다들 굶어 죽어 갔다. 흉년이 들었다. 수많은 가족이 구걸로 연명했다. 도처에서 곡물 운송 마차가 습격당했고 식량 창고가 약탈되고 곳간이 털렸다. 사람들은 돌로 유리창

3 성직자(제1신분), 귀족(제2신분), 평민(제3신분) 출신 의원으로 구성된 신분제 의회. 14세기에 성립되어 17세기 초 절대 왕정 체제가 열리면서 폐지되었는데, 1789년 국가가 파산 지경에 이르자 루이 16세가 과세안을 통과시키기 위해 다시 소집하였다.

을 깼고 칼로 술통을 깨부쉈다. 브장송, 닥스, 모, 퐁투아 즈, 캉브레, 몽레리, 랑부예, 아미앵 등에서 기근 때문에 폭동이 일어났다. 도처에서 관료들이 욕을 먹고 군인들 이 공격당했다. 서민층 여자와 아이 들이 들고일어났다. 일자리가 없는 자들도. 파리 시민 60만 명 중에서 일자리 도 수입도 없는 사람이 8만 명에 이르렀다. 빈민굴은 술 렁거렸다. 삼부회를 준비하는 토론과 선거에서 그들은 아예 제외되었으니 거기에 무슨 희망을 걸 수 없다는 사 실이 뻔히 보였고 다가올 겨울에 나리들이 줄 수 있는 것 은 추위와 궁핍뿐이었다. 이런 문제는 착한 사람들끼리 나 해결할 사안이었다.

4월 27일 오후 〈부자들에게 죽음을!〉이라고 외치며 빵 값을 2수로 인하하라고 요구하는 군중이 생마르셀 지역 에서 하나둘씩 새어 나왔다. 그들은 시청 앞에서 레베용 과 앙리오 두 사람을 본뜬 인형을 질질 끌고 다니다가 불 태워 버렸다. 레베용의 머리가 가로등 아래에서 그을렸 고 연기가 창가로 피어올라 당초 장식에 들러붙었다. 사 람들은 눈물을 흘렸다. 관료들은 겁에 질려 커튼 뒤에 숨 어 있었다. 재는 어느새 진흙탕이 되었다. 무장한 왕실 친위대가 광장 주변을 둘러싸고 있었다. 허공에 날리는 재가 입 안에 들어가는 것을 무릅쓰고 여자들은 이대로 굶어 죽을 수는 없다며 군인들을 향해 욕설을 퍼부었다. 군인들은 차분하게 군중을 해산시키며 집으로 돌아가라고 타일렀다. 바로 그 순간 일이 터졌다. 습격을 당한 앙리오의 저택이 있는 코트 거리 쪽으로 사람들이 몰려갔다. 대문은 한쪽 끝이 돌쩌귀에 붙어 있기는 해도 이미 부서져 버린 터라 사람들은 소리를 지르며 집 안으로 몰려들어 갔다. 여자들은 부엌으로 달려가 치마폭에 곡식과 밀가루를 담고 남자들은 벽걸이 양탄자에 코를 풀고 아이들은 식탁 아래에 쪼그리고 앉아 오줌을 싸고, 이 방 저 방 돌아다니며 눈이 휘둥그레진 군중은 술통을 밀고 다니고 불을 지르고 도망치고, 파괴되어 가는 미증유의 사치스러운 분위기 속에서 휘청거리고 쓰러지고 서랍 속을 온통 긁어 내고 벽장, 장롱, 지하 저장고를 뒤졌다. 그러나 이걸로도 충분치 않았다.

오래전부터 사람들은 진흙과 판자로 지은 집에서 불도 없이 헐어 빠진 짚 의자에 앉아 싸구려 빵을 씹으며 살았다. 그런데 급여가 깎일 판이라 울화통이 터질 수밖에 없었다. 28일 하루 동안 폭동이 퍼져 나갔다. 주변 동네, 그리고 센강 건너편에서도 사람들이 몰려왔다. 몰려오는 길에 뗏목꾼이나 다리 밑에 사는 걸인들도 끌어모았다. 저녁이 되자 그들은 마침내 폴리 티통의 정문을 부수고 들어갔다. 포도 덩굴 늘어진 정자에서 휴식을 즐기는 자에 대한 땀 흘리는 자의 화풀이, 볼살이 두툼한 아기 천사에 대한 말단 병졸의 분풀이였다. 저 부자들의 광기를 보라, 여기가 바로 그들의 별장이다. 여기서는 노동이 황금으로 변하고, 신산한 삶이 달콤해지는가 하면, 매일 반복되는 고통스러운 노동, 모든 더러움, 질병, 곤궁, 유아 사망, 썩은 이, 퇴색한 머리카락, 손발에 박인 굳은살, 불안감, 겁에 질린 침묵, 모든 단조로움, 죽을 만큼 괴로운 일상의 반복, 벼룩, 옴, 솥에 덴 손, 어둠 속에서 번득이는 눈, 고역, 찰과상, 불면의 고통, 비천한 자의 호전성, 이 모든 고통이 꿀과 노래와 작은 일화로 변한다.

군중은 공장 정원에서 뛰어다녔다. 연두색 버팀벽 사이로 몰려다니다가 작은 에스팀 다리를 통해 앵클리나시옹강(江)을 건너 관목 숲에 들어가 마침내 부자들만이 즐기는 밀회의 장소에 이르렀다. 사람들은 건물의 얼굴 격

인 황홀하기 그지없는 파사드 앞에 멈춰 서서 비율과 대
칭을 세심히 고려했음을 자랑하는 우아하고 균형 잡힌
박공과 난간을 감상하며 잠시나마 전율을 느끼기도 했
다. 그러나 질서와 아름다움에 대한 감탄은 오래가지 않
았다. 군중은 일종의 혐오감을 느꼈다. 매력은 어느새 사
라져 버렸고 티통 별장의 웅장함은 마당의 자갈 사이에
서 희석되어 버렸다. 남은 거라곤 두개골에 구멍이 뚫린
웅장한 별장, 거기에 도사린 광기뿐이었다.

  그렇다. 여기 레베용 저택에서는 모든 게 사치품으로
변했다. 옷감, 거울, 각종 자잘한 물건이 사랑놀이를 위
해 머리를 매만지거나 땋아 내리거나 화장하는 데 쓰는
사치품으로 변했다. 그렇다. 얇은 실이 커튼 줄이 되고,
낫은 예쁜 가위가 되고, 농부의 반바지는 실내 드레스로,
마구간 오줌통은 나란히 놓인 향수병으로 변했다. 그렇
다. 이곳에서는 파리가 꿀벌로 변해 창틀에 그려져 있었
다. 우물은 분수요, 썩은 판자는 평상이고, 진흙 바닥은
예쁜 마루, 날품팔이 노동은 한가한 피아노 연습이고 물
이 새는 지붕은 저택 2층이며 수천 채의 움막이 별장으
로 변신했다. 그렇다, 이곳이 바로 티통 별장이다. 그런

데 이제 이 별장의 침대 매트리스가 배가 터져 모직 창자를 드러낼 참이고 그 구두에서 뒤축이 떨어질 판이었다.

눈이 휘둥그레진 채 떼로 몰려다니던 남자들이 거미줄을 헤치고 나아가 지하 창고에서 술 몇 병을 끄집어냈다. 그것들은 몽테스키외의 주조장에서 나온 계몽주의의 정수였다. 군중은 병목을 별장 계단에 부딪쳐 깨고 입가에 붉은 술을 흘려 가며 단숨에 최고급 포도주를 들이켰다. 기막히게 좋았다! 1천 리브르짜리 술을 단숨에 들이켜고 병을 입에 대지도 않은 채 샤토 마고 와인을 목구멍에 들이붓는 것만큼 기분 좋은 일은 없다. 군중은 배가 두둑하게 차오르자 휘청거리며 자리에서 일어나 술에 잔뜩 취해 암소처럼 건들거렸다. 노동 착취의 산물은 낭비되어야만 하고 그 상품의 섬세한 측면은 짓이겨져야만 한다. 그 모든 것은 한 번 반짝 빛이 나고는 그냥 사라져야만 한다.

1789년 4월 28일, 혁명은 그렇게 시작되었다. 그들은 아름다운 집을 약탈하고 유리창을 부수고 침대 캐노피를 뽑아 버리고 벽걸이 양탄자에 낙서를 했다. 죄다 깨지고 파괴되었다. 사람들은 나무를 잘라 내어 정원 안에 커다란 화형대를 세 개나 세웠다. 남녀노소를 막론하고 수천 명이 몰려와 궁전을 약탈했다. 샹들리에를 소리 나게 흔들어 보고 싶었고 베일 속을 누비며 춤추고 싶었으며 무엇보다 이토록 많은 사람들이 한데 모여 **어디까지 사고를 칠 수 있는지** 알고 싶었다. 바깥에는 호기심 많은 구경꾼이 3만 명가량 운집했다. 그들은 손에 몽둥이나 포석을 들고 있었을 뿐 딱히 무기를 휘두르진 않았다. 드디어 경찰이 도착했다. 군중이 욕설과 야유의 휘파람을 쏟아 내고 지붕 위에서 돌과 기왓장을 던졌다. 이어 몽트뢰유 거리의 포석을 뜯어냈다. 경찰관에게 돌을 던지자니 얼마나 신나던지! 자유는 이런 걸 하라고 있는 거야. 기병대가 군중을 향해 전진했다. 사람들은 거품 문 말을 타고 다가오는 군인들의 번쩍거리는 칼을 보고 뒷걸음질 쳤다. 그러자 군인들은 탄약을 장전하고 방아쇠를 당겼다. 첫 번째 일제 사격으로 시위대가 우수수 쓰러졌고 사람들은 각자 벽에 달라붙어 몸을 피했다. 지붕에서 기왓장을 던지고 악을 썼다. 그러나 군인들이 재장전하더니, 무차별 사격! 열댓 구의 시체가 거리에 널브러졌다. 사람들은 이리저리 뛰고 서로 밀치면서 비명을 질러 댔고 거리가 말끔히 청소되었다. 여자들은 군인들에게 제발 죽이지 말아 달라고, 불쌍히 여겨 달라고 애원했다. 다시 총이 발사되었고 시체가 쌓였으며 기마병들은 도망치는 자들의 등을 칼로 찌르며 거리를 질주했다. 죽은 자가 3백 명이 넘고 부상자도 그만큼 나왔다는 말이 있다. 퇴비 마차에 실려 온 시신은 근방 공원에 던져져 쌓여 갔다. 몇몇은 교수형을 당하기도 했다. 체포된 자들은 붉은 낙인이 찍혀 갤리선으로 보내졌다. 혁명 기간을 통틀어 그날은, 1792년 8월 10일을 제외하고, 가장 사상자가 많은 날이라는 이야기가 돌았다.

통브이수아르 공동묘지

티통 별장이 약탈당한 일은 일종의 재앙으로 간주되었다. 사라진 문짝의 고리 하나, 부삽, 집게, 찢겨 나간 양탄자의 작은 조각, 찢어진 식탁보, 터진 베개, 이 빠진 도자기 잔, 걸레가 된 비단 윗도리, 조각난 비단, 수많은 남자용 조끼, 부인네 속옷, 불타고 남은 손수건 등의 값이 모두 정확히 계산되었다. 이건 9천 리브르, 저건 7천 리브르, 이건 1만 9천 리브르, 저건 2천9백 리브르, 이런 식으로 장부에 꼼꼼히 기록되고 정리되었다. 그런데 포부르 주민 중 죽은 사람의 숫자는 여전히 명확하지 않은 상태로 남아 있다.

폭동 이틀 후 샤틀레의 경관 오당과 그랑댕은, 검은색

옷차림에 메스를 챙긴 가방을 든 의사 수페를 앞세워 묘지 관리인의 안내를 받으며 통브이수아르 공동묘지의 대문을 지나 안으로 들어갔다. 그들은 음산한 계단을 지나 차가운 어둠에 휩싸인 묘지를 이리저리 걸어 들어갔다. 묘지는 원래 채석장이었다. 마침내 열쇠가 채워진 문 앞에 이르자 일행은 왠지 마음이 불편해졌다. 범죄 현장에 익숙한 경관들이었지만 이 음산한 미로는 왠지 범상치 않은 분위기를 풍기고 있었다. 다행스럽게도 그들은 제도가 부여한 갑옷을 입은 터였다. 공무원의 가면을 쓰면 사람이 달라지고 제복을 입으면 마음이 단단해지는 법이었다. 문이 열리고 시체들이 눈에 들어오자 그들은 금세 작업에 착수했다.

당일 저녁에 작성된 조서를 문자 그대로 옮긴다면, 레베용 폭동에서 살해된 폭도의 시신은 모두 열여덟 구였다. 달리 표현하자면 포부르 지역의 노동자 열여덟 명이 죽었다. 무덤 파는 인부들은 시신의 팔과 다리를 잡고 끌고 다녔다. 머리가 뒤에서 흔들거리며 따라왔고 머리카락이 바닥을 쓸었다. 그들은 시신을 나란히 눕혀 놓았다. 그러자 그랑댕 경관이 인부들에게 숫자가 적힌 작은 쪽지를 나눠 주었다. 그들은 커다란 신발을 신고 휘청거리며 시체 위로 몸을 숙여 손에 받아 든 쪽지를 옷에 핀으로 꽂았다. 쪽지를 다 꽂은 인부들은 입구 쪽으로 물러섰다. 경관들은 시체의 외관을 꼼꼼히 묘사하는 보고서를 작성했다.

1번은 35세가량의 남자인데 긴 머리를 리본으로 질끈 동여맸으며 매부리코에다가 가늘고 뾰족한 얼굴이다. 거친 천으로 된 웃옷과 셔츠에 구리 단추가 달린 빨간 조끼 차림이다. 그리고 파란색 바지와 리넨 덧옷을 입었다. 그런데 경찰들과 의사가 고작 죽은 자의 초상화나 그리고 옷차림새나 자세히 기록하려고 공동묘지를 방문한 것은 아니었다. 폭도들은 절도 혐의를 받았다. 따라서 그들의 호주머니를 털어 봐야 했다. 오당이 뒤쪽으로 짧게 고갯짓을 했고 인부 하나가 그의 뜻을 알아차렸다. 시신을 늘어놓은 줄은 길었다. 시신은 차갑게 굳어 지하 묘지 바닥에 누워 있는 열여덟 개의 인형 같았다. 이곳에는 죽은 자가 산 자보다 많았다. 인부는 명령에 따라 시신 사이를 돌아다니며 몸을 숙여 덧옷의 호주머니를 뒤졌지만 아무것도 나오지 않았다.

일행은 이제 상처를 파악하고 사인을 조사하여 기록했다. 의사가 가방을 열고 메스, 집게, 가위를 꺼냈다. 시신의 옷을 자르고 상처 부위를 재빨리 닦아 낸 다음 집게를 이용해 상처를 벌렸다. 죽은 자의 셔츠가 피에 젖었다. 창자가 옆구리에서 삐져나왔다.

작업이 2번 시체로 이어졌다. 16세 소년. 긴 말총머리, 들창코, 까무잡잡한 얼굴. 옷차림을 말하자면 회색 천으로 된 웃옷, 짝이 안 맞는 구리 단추가 달린 면 조끼, 덧옷, 그리고 모직 양말. 오당이 또 한 번 고갯짓을 했고 무덤 파는 인부가 허리를 숙여 투박하고 거친 손으로 소년의 호주머니를 뒤졌다. 아무것도 없었다. 다만 마루뼈가 부서지고 후두부가 터져 있었다. 누군가 후방에서 검이나 총검으로 뒤통수를 가격했다는 뜻이었다.

작업이 이어졌다. 3번 시체는 스무 살이다. 헝클어진 갈색 머리에 키가 170센티미터쯤 되는 잘생긴 청년이다. 웃옷과 모직 조끼를 입었다. 옷들은 모두 마찬가지로 **거친** 모직과 **거친** 면직으로 지어졌고 단추가 제각각이며 만듦새가 형편없다. 옷감 재질도 허름하다. 웃옷은 면직이고 셔츠는 리넨이다. 조끼에는 면이 섞였고 바지는 서지

천이며 목이 긴 양말, 혹은 짧은 양말은 모직이고 단추는 구리이다. 노동자 혹은 가난뱅이가 입는 값싼 옷차림이다. 멜빵바지, 면직 웃옷와 마포 작업복. 호주머니는 텅 비어 있었고 눈 위로 터진, 이마에 난 커다란 상처에서 약간의 뇌수와 핏방울이 새어 나왔다.

이제 4번 시체 차례다. 얼굴이 둥글고 포동포동하다. 등 뒤로 묶은 머리. 짧고 커다란 코. 회색 천으로 지은 상의, 집에서 짠 천으로 만든 셔츠, 모슬린 넥타이, 거친 천으로 된 조끼. 무덤 파는 인부가 시체의 주머니를 뒤졌다. 그랑댕이 눈을 치켜떴다. 눈이 안경 뒤에서 반짝거렸다. 돌처럼 차가운 하늘에서 비가 몇 방울 떨어졌다. 조금 쌀쌀한 날씨였고 경관은 목구멍에서 뭔가 따끔거리는 느낌이 들었다. 옷을 더 두툼하게 입었으면 좋았을 것을. 인부가 돌아보더니 고개를 으쓱했다. 호주머니가 텅 비었다는 뜻이다.

그는 시체를 성큼 넘어가 5번 시체에게 다가갔다. 이번에도 20세 젊은 남자. 갈색 머리에 동그스름한 얼굴. 거친 회색 천으로 된 옷가지와 모직 양말. 마찬가지로 텅 빈 호주머니. 그런데 얼굴에 엄청나게 큰 상처가 있고,

후두부가 함몰되었다. 인부는 시신 주변을 맴돌다가 쓰러지는 바람에 손발로 기어 시신의 가슴팍을 누르고 몸을 치켜세우며 일어섰다. 동그란 모양의 전등 불빛이 천장을 하얗게 밝혔다. 다시 똑같은 작업이 이어져 6번, 7번, 8번, 9번, 10번, 11번, 그리고 마침내 18번에 도달했다. 매부리코, 기다란 얼굴, 머리 뒤로 묶은 짙은 갈색 말총머리, 서지 천으로 안감을 댄 올리브색 조끼, 거친 천으로 만든 셔츠와 같은 허름한 차림새. 모두 말총머리에다 가슴팍이 헤쳐졌고 옆구리에 상처가 났으며 두개골이 함몰되었다. 호주머니도 모두 비어 있었다. 몽루즈의 시체 열여덟 구에서는 단 한 푼도 발견되지 않았다. 호주머니를 전부 뒤졌지만 낡은 담배 쌈지, 작은 열쇠, 그리고 자질구레한 연장이 전부였다. **호주머니 속 회중시계** 같은 것은 그림자도 없었다.

5월 3일 일요일, 굴뚝 청소부 루이 프티탕팡과 하녀 루이즈 프티탕팡은 센강 변에서 어슬렁거리거나 카드놀이를 하는 대신 몽루즈를 향해 걷고 있었다. 날씨는 온화했다. 그들은 오랫동안 생자크 거리를 거슬러 올라가 포부르 생자크에 이르렀고 다시 천문대를 지나 연신 신발창에 묻은 흙을 털어 내며 곧장 들판 사이로 난 부르라렌 거리를 쭉 걸어가다 울타리에 이르렀다. 루이는 이따금 모자를 벗어 이마의 땀을 찍어 냈다. 그들은 말없이 걸어 갔다. 샤리테를 지나 마침내 통브이수아르 공동묘지에 다다랐다. 문 앞에서 관리인이 문을 열어 주길 기다려야 했다. 두 사람은 얌전히 기다렸다. 루이는 모자를 벗어 두 손에 들고 있었다. 둘 다 아무 말도 하지 않았다. 관리인이 나타나 따라오라는 시늉을 했다. 두 사람은 벽에 손을 대고 무거운 발걸음으로 계단을 내려갔다. 어둡고 축축했으며 램프는 밝지 않았다. 마침내 지하 공동묘지 문앞에 도착했다. 관리인이 자물쇠에 열쇠를 넣어 돌렸다.

그곳은 어둡고 커다란 방이었고 나란히 누운 시체들이 악취를 풍겼다. 루이즈는 앞치마로 얼굴을 가렸다. 관리인은 시간이 그리 많지 않으니 앞서가라고 재촉했다. 어떤 얼굴은 자는 듯하고 어떤 얼굴은 벌써 푸르딩딩해져서 무서워 보였다. 낯선 얼굴들을 힐끗거리며 루이와 루이즈는 도열한 시체들 사이로 살금살금 걸어갔다. 서로 말은 하지 않았지만 마음속으로는 그가 여기에 있지 않고 외박을 했다가 며칠 후에 집으로 돌아왔으면 좋겠다 생각하며 희망을 버리지 않았다. 그러나 5번 시체 앞에서 루이즈는 걸음을 멈추고 손짓을 했다. 그들은 시체를 자세히 들여다보았다. 죽은 자들의 얼굴은 살았을 때와 너무도 다르다! 머리는 왼쪽으로 비틀어졌고 입술은 뻣뻣했다. 얼굴 한 부분이 험상궂은 표정으로 일그러져 있었다. 자갯빛 치아가 콧수염 아래에서 드러났다. 눈은 감겨 주었던 모양이다. 그들이 알던 상냥한 표정은 온데간데없었지만 진노란색 면 옷은 분명 그의 것이었다. 윗도리 옷자락이 젖혀져 있어서 루이즈는 자기가 헝겊 쪼가리를 덧붙여 꿰매 준 안감을 알아볼 수 있었다. 그리고 회색 바지, 모직 양말도 확인했으니, 그래, 두개골이 함몰되고 얼굴에 깊이 파인 끔찍한 상처가 났다 해도 맞다, 그 사람이 맞다.

바깥으로 나와 왔던 길을 돌아가며 둘은 서로를 외면한 채 걸었다. 루이즈는 나막신을 벗어 손에 들고 걸었다. 담을 지나자 죽은 오빠의 얼굴, 위로 당겨진 입술, 그 모습을 결코 잊지 못하리란 생각이 들었다. 그러고 보니 오빠에게 입맞춤조차 하지 않았다는 것이 떠올라 마음이

27

찢어질 듯 아팠다. 불현듯 옛적 기억이 하나 생각났는데, 하나가 아니라 여러 기억이 서로 얽히고설켜서 어린 시절을 떠오르게 하는 노래의 후렴구 같은 것을 이루었다. 집에서 멀리 나돌아다니기 시작하며 자유를 맛보았고 부모들은 우리에게 무슨 일이라도 일어날까 걱정하던 시절이었다. 루이즈는 오빠들과 함께 블레 포구 제방 위에서 집이 마주 보이는 데에 작은 움막들을 지었다. 맨들맨들한 자갈과 진흙과 낡은 나무판자로 지은 움막 세 채였다. 너무 작아서 안에 들어가려면 손발로 기어야 했고 지붕으로 삼은 나뭇가지가 떨어지지 않도록 조심해야 했다. 맨 처음에 지은 것이 루이즈의 움막이었다. 그들은 이상한 모양의 조약돌이나 소꿉놀이에 쓸 작은 물건을 주워 모았다. 조금 위 그레브 쪽으로 난 길가에는 물푸레나무가 자라고 있었다. 기억하기로는 바로 거기에서 종소리가 울려 퍼졌다. 바람이 조금 불었고 종이 울렸다. 어둠이 밀려올 것이다. 해가 떨어졌다. 루이즈는 나무 사이를 지나 포구의 전면을 비추는 저무는 햇빛을 보았다. 햇살은 아주 아름답고 부드럽고 따스했다. 집으로 돌아가야만 했다. 강물은 이미 검은색으로 변했다. 루이즈는 오빠들과 달려갔다. 그들은 숨 가쁘게 내달렸다! 함께 다녔고, 함께 웃었다. 서로 조금씩 밀치면서 웃었다.

다음 날 아침 10시, 그들은 오당 경찰서에 출두했다. 사람들은 짚으로 짠 의자에 그들을 앉혔다. 루이즈는 모자 턱끈을 만지작거렸다. 위층에서 피아노를 연주하는 소리가 들렸다. 서기는 조서의 도입부 문장을 작성하면서 가족의 신원을 확인했느냐고 물었다. 그들은 그렇다고 대답했다. 조서가 작성되자 서기가 한 번 읽어 주었다. **5번으로 기록된 시신을 검토한 후 그들은 오귀스탱 뱅상 프티탕팡이라 불리는, 그들의 형제 얼굴을 인지했다. 21세의 수공 노동자이자 석공으로 형제들과 함께 살았다.** 서기는 고개를 들고 서류에 서명하라고 요청했다. 하지만 그들은 글을 쓸 줄 몰랐다.

빛

뵈동 숲 서쪽 진흙 바탕에 토대를 둔 석회암 건물, 그
것이 바로 베르사유이다. 저지대, 늪. 파리에서 여기까지
연결된 큰길을 통해 만물 과일 장수, 과자 장수, 빙과 장
수, 푸주한, 육류 가공업자의 긴 행렬이 궁으로 갔다. 사
탕, 마카롱, 달걀 과자, 가금류, 신선한 시금치, 모래알처
럼 섬세한 좁쌀, 물이 많은 오이, 앙주에서 난 배 등이 수
레에 실려 들어갔다. 조물주는 그의 빛으로 이루 헤아릴
수 없는 종류의 배를 세상에 내놓았으니 떫은 배, 신 배,
단 배 등 온갖 배가 있었다. 그렇다, 샹젤리제 도로를 통
해 프랑스에서 가장 좋은 것은 몽땅 왕에게 보내지고 있
었다. 마치 몸집이 거대한 교통 경찰관이 우리 식량의 흐

름을 정리하듯 맛있고 싱싱한 것은 베르사유로, 싱겁고 시든 것은 파리로 갔다. 감미로운 것은 수도의 서쪽으로 몰려가고, 신 것은 오막살이로 갔다. 말랑말랑하고 싱그러운 것은 궁전으로 가고 싱겁고 물러 터진 것은 파리로 갔다.

무엇보다도 베르사유에서는 도박을 즐겼다. 지칠 줄 모르고 과감하고 미친 듯이 흥겹게 노름을 했으며 거액의 판돈이 오가면서 베르사유 전체가 도박장이 되었다. 왕도 왕비도 도박에 빠졌다. 모든 건물, 모든 방마다 도박용 탁자가 있었다. 파라오 카드놀이, 주사위 놀이, 제비뽑기 등 노름이라면 뭐든지 했다. 은행 직원이 시내에서 특별히 출장을 나와 현금을 대주거나 빚을 장부에 기록했다. 녹색 노름판 위로 돈이 쏟아졌다. 한편 파리의 대다수 사람들은 10전짜리 밥을 먹고 술집에서 싸구려 술마저 홀짝거리며 아껴 마셨다. 라프탱은 코탱과 함께 그랑 포쇠르 식당에서 배를 채웠는데, 바닥에는 생선 가시와 빵 부스러기가 흩어져 있고 담배 연기가 자욱한, 소란한 분위기 속에서 몇 푼짜리 판돈을 걸었고, 와중에 여자 손님은 거지와 넝마주이 패거리 곁에서 똥 싼 아기의 밑을 닦아 주기도 했는데, 당시 왕국은 파산 직전이었고 왕비의 내탕금은 바닥나 적자가 연말에는 50만 리브르까지 치솟았다.

자질구레한 즐거움이 소진되어 가는 이 보석함, 이 감미로운 후광 주변에서 수만 명의 석공, 정원사, 토목 일꾼이 분주히 일했다. 베르사유는 공사판이었다. 30년 동안 파고, 뽑아내고, 심고, 세웠다. 악취 풍기는 늪, 나무와 고인 물로 이뤄진 들판을 정자, 화단, 관목 숲, 화려한 궁전으로 바꾸는 데 30년이 걸렸다. 그동안 프랑스 방방곡곡에서 온갖 사람이 여기로 몰려왔다. 베리, 브르타뉴, 노르망디, 푸아투 등등 도처에서 대목수, 소목수, 운반공, 석공이 몰려왔다. 인부들은 판잣집에 기거했다. 집은 비위생적이고 추했다. 일은 고되었으며 사고가 잦았다. 아이들이 길 한가운데에서 놀았다. 인부들은 노란 줄무늬의 면직 윗도리에 보풀이 일어난 누더기 바지 차림으로 일하다가 더러워진 모습 그대로 카페에서 어슬렁거렸다. 구두닦이들이 궁전 문 앞에 구름 떼처럼 모여 기다리고 있었다. 궁전 담장에 다닥다닥 붙어 있는 노점상 중에는 허름한 연미복 차림의 피에르 나베, 물장수 레몽, 동전 한 닢을 구걸하는 바르나비트, 암소나 알아들을 사투리로 악을 쓰는 모르퐁뒤, 남자들이 희롱하는 여자 세탁부, 의복 수선부, 도금 장식을 연마하는 여공, 보헤미아 출신 노동자, 돼지들이 뒹구는 시궁창을 이리저리 피해 다니는 정신 나간 여자 인부가 있었다.

베르사유는 빛의 왕관이자, 샹들리에이며, 드레스, 그리고 장식이었다. 그러나 이런 장식의 이면, 그리고 내부에서는 마치 쾌락의 정수인 양 궁전의 속살에 각인된 어떤 활동, 수상하고 소란스럽고 저속한 활동이 분주하게 벌어지고 있었다. 여기저기 중고품과 헌옷 가게가 널려 있었다. 베르사유에서는 모든 게 되팔려 나가고 있었기 때문이다. 선물들이 중고로 거래되고 먹고 남은 음식도 재활용되었다. 귀족들이 고기를 뜯고 나면 하인들이 뼈에 남은 살을 발라 먹는다. 그리고 굴 껍질과 뼈다귀를 창밖으로 버린다. 가난한 사람들과 개들이 남은 것을 주워 먹는다. 이를 일컬어 먹이 사슬이라 한다.

그러나 누구보다 먼저, 옷 가게나 선술집보다 앞서서 베르사유의 심장부, 이 냉혹한 돌덩이의 작은 핵심부까지 떼를 지어 비집고 들어간 무리는 가슴 섶이 구겨진 옷

차림의 여자 세탁부, 여자 꽃 장수였다. 그렇다. 나뭇가지 형상의 촛대, 불꽃놀이, 가면무도회, 횃불로 환하게 밝힌 마차, 짚불 등으로 흥겨운 분위기가 가시지 않는 궁전은 왕국의 방방곡곡에서 모든 직업군의 사람을 끌어 모았다. 마룻바닥 광택 전문가, 엉터리 요리사, 점잖은 양반부터 시골 신사에 이르기까지, 야심을 품은 모든 인사가 궁전으로 몰려들었고 거기에는 아주 외설적인 욕구를 채우려는 사람도 끼어 있었다. 한편에서 웅장한 파티가 열려 사랑과 젊음을 찬양하고 여자들은 촛불 아래에서 애교점과 화장품을 화제로 삼아 정겨운 대화를 나누는데, 어두운 산책길이나 뚝 떨어진 복도 사이나 담벼락 밑으로 호객꾼이 몰려들었다. 추운 겨울날이면 약간의 설탕이나 담배, 혹은 푼돈에 쾌락을 파는 굶주린 늙은 매춘부와 풋내기 매춘부가 어슬렁거린 것이다.

우리는 학교에서 엄숙한 자세로 여러 왕의 치적과 일화를 배운다. 예컨대 루이 14세의 즉위, 왕국의 개혁, 선한 콜베르 재상, 섭정, 오스트리아 왕위 계승 전쟁, 다미앵의 암살 기도, 라페루즈의 탐험 출정식 따위다. 그러나 가난에 찌들어 옷가지를 넣은 봇짐 하나 달랑 들고 우편

마차를 얻어 타 솔로뉴, 피카르디 같은 지방에서 상경한 이 가난하지만 아름다운 어린 여자들에 관해서는 일언반구도 없다. 크라폰에서 파리로 왔다가 베르사유 담에 이르는 여정을 누구도 기록하지 않았다. 누구도 그들의 신산한 이야기를 기록하지 않았다.

왕의 입을 건사하는 1천5백 명의 거처를 마련하기 위해 베르사유 토박이를 모두 내쫓아야만 했다. 그렇다, 몽땅! 건달, 주정뱅이들아, 다른 데 가서 살아라! 마을을 허물고 바닥을 골라 균형과 절제의 전범인 양 단정하고 균형 잡힌 그랑 코묑, 즉 하인 전용 숙소를 세웠다. 그리고 마지막까지, 혁명이 일어날 때까지, 베르사유에는 하인, 마부, 부엌 잡역부, 악사, 악기 운반부, 포도주 배달부, 조랑말 마부, 채소 장사, 채소 전담부, 주방 심부름꾼에 이르기까지 이루 헤아릴 수 없이 많은 직종의 하인이 들끓었다. 이와 더불어 시종, 대화 상대 귀부인, 시동이 있었고 오로지 왕 하나를 위한 거처를 돌보는 사람만 마흔 명이 넘어서 왕의 침대 곁에는 수많은 하인이 거울을 들고, 요강을 들고 떼를 지어 맴돌았다.

그런데 프랑스는 빚더미에 올라 있었다. 파산의 심연

으로 굴러떨어지며 은행에 어떤 구실을 둘러대야 할지 더 이상 알 수 없을 지경이었다. 가발은 엄청나게 비쌌다. 루이 가문 사람들은 나이는 숫자에 불과하다는 양 너무도 많은 여자의 치마를 들췄고 너무도 많은 허벅지를 주물렀으며 너무도 많은 엉덩이를 꼬집어 댔다. 오! 나도 안다. 귀가 닳도록 들었지. 큰돈이 흘러나가고, 아주 비싼 대가를 치르고, 재정에 구멍이 나고, 금고에 동전 한 닢 남지 않게 된 이유는 미합중국의 독립 전쟁에 프랑스가 가담한 탓이라고. 결국 그래서 재정이 고꾸라진 것이라고. 나는 단 한 마디도 믿지 않는다. 빚은 그 전부터 쌓였더랬다. 흔히들 궁전의 생활비는 재정 지출의 극히 일부에 지나지 않는다고 누차 떠들어 댄다. 국가 예산의 7퍼센트에서 10퍼센트가 나간다는데 이 정도는 푼돈 취급 한다. 실제 비율은 이보다 높아 예산 부담이 엄청날 터인데, 고관대작의 회계 장부는 항상 실제 수치보다 부풀려지고 그들은 민중을 노예 삼아 빚을 떠넘기기 때문이다.

왕의 거실에는 시계 관리인이 넷인데 그중 둘은 오로지 매일 아침 시계태엽을 감는 일만 한다. 사람들은 이를 코미디, 허풍스러운 괴기극, 부조리극, 헛소문이라고 할 것이다. 이보다 더 어처구니없는 최악의 사례도 있다. 베르사유에는 노새가 한 마리도 남지 않았어도 노새 담당 장교가 있었다. 또한 왕이 몇 시에 미사에 참석할지만을 미리 알아내는 임무를 띤 예측관들도 있었다. 1775년 마리 앙투아네트는 2만 프랑을 들여서 다이아몬드 촛대 한 쌍을 구입했다. 같은 해에 최상급 귀걸이 한 쌍도 장만했다. 옜다, 30만 프랑! 30만 프랑이 너무 비싸다고? 소심하고 쩨쩨하긴! 유행은 돌고 이에 따른 한심한 장식품이 있게 마련인데 그중 무엇이 영혼에 반드시 필요한지 누가 알 수 있겠는가? 어떤 때에는 무슨 귀신에 씌었는지 적갈색 열풍이 불었다. 모든 것을 적갈색으로 칠하려 들었다. 노랑 계열 적갈색도 좋고 빨간빛 감도는 적갈색도 좋고, 기분 내키는 색깔로 바꾸다가 적갈색 유행이 한 차례 휩쓸고 지나간 뒤 왕비가 싫증을 내면 잿빛이 감도는 노란색이 부상한다. 전속 미용사는 왕비 폐하의 아름다운 머리카락 한 가닥을 잘랐다. 전령이 그것을 리옹의 면사 공장에 가져갔다. 공장에서는 머리카락 색깔과 **정확히** 일치하는 옷감을 생산해야 했다. 그런데 옷만으로는 충분하지 않았다. 헤어스타일도 따라 줘야 한다. 이거야말로 하나의 예술이다. 머리카락을 거꾸로 빗어 여러 층으로 부풀려서 고슴도치처럼 올리는 식인데 지금은 더 이상 볼 수 없는 손질법이다. 이처럼 깃털, 리본 등 온갖 것이 다 들어간 헤어스타일은 바람둥이 남자가 예쁜 물레방앗간 처녀를 유혹하는 극의 한 장면을 떠오르게 한다.

그러다가 왕비가 전원생활을 그리며 향수병에 걸리자 작은 오두막을 짓게 되었는데 여기는 궁정 생활의 근심거리, 왕국의 기근, 국가 채무 등을 잊게 만드는 연극과 축제가 벌어지는 작은 천국, 전원풍 희극의 무대가 되었다. 작은 연못을 둘러싸고 초가집 열댓 채와 농가 한 채를 세웠고, 왕비가 머무는 규방이라면 주변에서 구, 구, 구, 지저귀는 새도 있어야 하니 비둘기 집도 한 채, 그리고 농가 한 채가 있으면 더 그럴싸하다. 물레방앗간 건초 더미 속에서 뒹구는 것도 재미있는 일이고, 꽃이 만발한 정원도 하나 필요하고, 작은 돌다리가 있는 시냇물도 흐르면 좋을 것이다. 이 정원의 설계는 눈과 정신과 영혼에 직접 호소하는, 단순하고 자연적인 에르마농빌 정원에서 영감을 받았다. 또 장자크 루소의 소설 『신(新)엘로이즈』

에서 영감을 얻기도 했다. 가장 우스꽝스럽고, 아마도 흥미로운 대목은 마리 앙투아네트가 이처럼 『사회 계약론』의 지은이를 살짝 빌려다 썼다는 점이다. 이들의 만남에 대해 놀라거나 불안해할 필요는 없다. 혁명이 끝난 후 이 작은 구석은 아예 카바레가 되었다가 은밀한 만남의 집, 그러니까 유곽으로 쓰였다. 루소가 그러했듯, 우리는 세월 앞에 다양한 방식으로 등장하기도 한다. 세월은 우리 눈을 가리고 온갖 변화를 일으켜 우리가 이룩한 성과는 개들에게 던져진 아탈리의 육신처럼 갈가리 찢길 것이다.

왕족들이 염치도 없이 낭비를 일삼자 왕국의 곳간이 말라 버렸다. 프랑스는 사순절 금식에 돌입한다. 그리고 가렴주구를 향한 거칠고 혼란스러운 질주가 시작되었다. 세금, 공물, 각종 부과세 등등 명칭은 달라도 항상 차갑고 단조로운 소리로 고함을 내지르며 돈을 내놓으란다. 한쪽에서는 향기가 피어나고 샹들리에의 불꽃이 찬란하지만 다른 쪽에서는 역한 땀 냄새가 풍기고 양초도 바닥난다. 그리고 한바탕 춤판이 벌어진다. 나라 살림을 책임지는 재무총감이 고삐 풀린 속도로 바뀐다. 통치는 한바탕 날림 공사처럼 이뤄진다. 부분 파산도, 일시적이라고 주장하던 징세도 끝없이 연장되었다. 그러더니 새로 취임한 튀르고가 생산 활동의 짐을 덜어 주고자 재화의 자유로운 유통을 고무하고 취업 관련 규제를 풀었다. 하지만 채 2년을 버티지 못하고 자리에서 물러났다. 이어 은행가였던 네케르가 취임했다. 그의 전성기는 한순간에 불과했다. 그다음은 칼론이었다. 섬세한 사람으로 아름다운 귀부인네들에게 땅콩을 권할 때는 국채 증권으로 싸주었다고 한다. 돈이 철철 넘쳐흘렀다. 칼론은 열렬히 투기를 조장했는데 적자가 위험 수위에 이르자 결국 파면되었다. 그다음에 브리엔을 비롯해서 몇 사람이 더 등장했다. 재정이 바닥났지만 적자가 얼마인지조차 정확히 아는 사람이 없었다. 사람들을 진정시키려고 궁정은 향후 **생활비를 줄이겠다**고 선언했다. 이는 한 가정에서 일어난 작은 혁명이었다. 마리 앙투아네트는 기르던 말의 숫자를 줄였고 식탁과 방의 장식품 개수도 줄여 1백만 프랑을 절약했다. 평소 낭비로 흘려보낸 돈이 천문학적 액수라는 사실을 고백하는 것이나 다름없었다.

증권가를 안정시키기 위해 다시 네케르가 등장했다.

당시에도 이미 증권가를 통해 세계를 진맥했기 때문이다. 베르사유에서는 노루 사냥에 몰두할 때 네케르는 머리를 쥐어짜며 고민했다. 프랑스와 스위스 합작 상업 은행인 지라르도 은행에서 훌륭한 경력을 쌓았던 터였다. 왕가 채무 및 원자재 투자를 전문으로 하는 은행이었다. 젊은 네케르는 회계 전문가였다. 들리는 소문에 따르면 회계에 대한 재능을 타고났다. 아무 준비 없이도 하루아침에 중요한 사업의 수석 회계사 자리를 차지했다는 이야기가 전설처럼 내려온다. 네케르는 상사의 명령에 따르는 데 머물지 않고, 마치 괴물의 입 안에 매수 주문을 털어 넣고 한 방 터지길 기대하는 오늘날의 **트레이더**처럼 과감한 결정을 내리기도 했다. 그런데 그런 수법이 통했다. 그는 한 번에 무려 50만 파운드나 되는 수익을 올렸다. 그러자 단번에 동업자의 지위로 뛰어올랐다.

사업은 번성했다. 네케르는 사업가들이 준 정보를 토대로 영국 국채에 투자했다. 당시 네케르는 동인도 회사 감독관으로 임명되었는데 프랑스 국채도 투기의 대상으로 삼았다. 수익률은 한없는 우울증을 일으킬 정도였으며 세상에 대한 실망감은 주식을 사고파는 일에 몰두하는 것으로 표현되었다. 이렇다 보니 네케르의 업무 영역은 재무성의 테두리를 넘어섰고 이제 무역까지 건드릴 기세였다. 그는 원자재의 가격 동향을 계산해 본 후 곡창 지대와 가공할 만한 분량의 밀을 사들이는 데 관심을 기울였다. 마침내 프랑스 왕의 재무총감이 된 네케르는 대규모 징세를 시작했다. 그가 방금 떠나온 은행은 1천4백만 프랑 지불을 약정했다.

이렇게 해서 혁명 전야에 우리는 국가 재정을 이리저리 굴리는 묘한 작업을 목도하게 된다. 국가 부채는 쉴 새 없이 늘어났고 민중은 굶주렸다. 주식 시장에서는 부채를 투기 대상으로 삼았다. 프랑스는 파산 지경에 내몰리고 있었다.

무기를 들다

5월 4일 베르사유에서 삼부회가 열렸다. 다음 날엔 므뉘 플레지르에 이 회의를 위해 마련한 대회의실에 대표들이 모였다. 으리으리한 곳이었다. 1,139명의 의원이 착석했다. 이번에 세금을 올리려면 그들의 도움이 필요했다. 열기가 끓어오르기 전에 제3신분[4]이 이를 수락해야만 했다. 첫날, 왕이 나타나서 자신은 국민의 첫째가는 친구라고 선언했다. 사람들은 그의 말을 믿어 주려고 했다. 왕의 왼편에서 마리 앙투아네트가 꾸벅꾸벅 졸고 있었다. 하얀색 깃털 더미로 머리를 장식한 차림새였다. 마

---

4 삼부회 구성원 가운데 국민의 절대다수를 차지하던 평민들의 대표로 이루어진 집단으로, 장인, 상인, 법률가, 그 외 자유직업인 등을 포함한다. 넓은 의미로는 피지배층에 속한 모든 사람을 이른다.

침내 네케르가 발언권을 쥐었다. 소문대로 자신만만하고 뚱뚱한 거구가 자리에서 일어났다. 3분위 60도에다가 5점위와 다섯 번째 자리에 위치한 별자리 운을 고려하면 공기의 기운이 센 운명이라 유연성, 악마적인 적응력, 실용주의 등 뭐든지 가볍고 덧없는 것에 치우친 팔자를 타고났다. 공기에 못지않게 불의 기운도 센 편이라 과감하고 오만한 성격이 지나치게 강했다. 반면 물의 기운이 부족한 탓에 우울한 기질이 나타나면서 감수성의 결핍을 드러냈고 남들만큼 사랑할 수 있는 능력도 떨어졌으며 가슴에서 우러나오는 것에는 도통 무관심했다. 그날 네케르는 타고난 모습 그대로 냉정하고 일목요연하게 오로지 재정과 경제 정책에 관해서만 이야기했다. 추상적 주제를 거만한 태도로 난해한 전문 용어를 써가며 세 시간 동안 이야기해 청중을 지루하게 만들었다. 핵심 문제는 아예 건드리지도 않았다. 반응은 싸늘했고 청중은 실망했다.

시간이 흘렀다. 사태는 점점 긴박하게 돌아갔다. 프랑스 국민은 불평의 목소리를 높여 갔다. 마침내 얼마 후 제3신분은 국민 의회[5]를 선포했다. 6월 20일, 왕은 므뉘 플레지르 대회의실을 폐쇄했다. 그래서 사람들은 죄드폼 경기장으로 갔고 아주 거창한 단어들이 오고 갔다. 선서! 헌법! 사흘이 지났다. 왕은 국민 의회의 결정을 무효라 선포하고 의원들에게 경기장에서 나가라고 요구했다. 제3신분 대의원들은 복종하길 거부했다. 그때 미라보[6]는 **민중**으로 시작하여 **총검의 힘**으로 끝나는 거창한 문장을 토해 냈다. 아! 마치 한 인간이 어떤 단어들을 말하기 위해 평생을 기다린 것 같았다. 미라보의 온몸을 사로잡았으며, 음절 하나하나 사이에 그를 붙잡고 있어서 나머지 모든 것은 떨쳐 버리게 만드는 단어들, 표현의 갈피 속에 명증함과 신비, 위대함과 하찮음이 뒤섞여 있어서 인류가 미래의 징후를 엿볼 수 있을 법한 그런 단어들 말이다. 그렇다, 미라보는 입을 열었다. 그는 하나의 느낌, 하나의 진실이다. 누구도 더 이상 반박할 수 없었다. 미라보는 말한다. 열변가가 그토록 긴 호흡으로 용기를 갖고 입

---

5 1789년 6월 17일에 성립한 근대 의회로, 특권층이 평등을 이루기 위한 개혁을 좌절시킬 것이라고 판단한 제3신분회가 전체 국민의 대표를 자처하며 설립하였다.

6 오노레 가브리엘 리케티 드 미라보 백작(1749~1791). 정치가이자 웅변가로, 혁명 초기 제3신분을 대변하여 국민 의회 성립에 크게 기여했고 영국식 입헌 군주제를 추구하며 온건한 입장을 취했다.

을 연 것은 이번이 처음이다. 민중의 의지가 역사의 무대에 막 등장한 것이다.

닷새 후, 왕이 물러섰다. 왕은 귀족과 사제 들에게 제 3신분과 합류하라고 호소했다. 그들은 화해했다. 그러나 민중은 의심이 많았다. 어둠 속에서 아르투아 백작은 왕에게 무력을 사용하라며 압력을 가했고 매일 매 순간 칼날을 갈았다. 그들은 한편에서 화해의 말을 건네며 다른 편에서 파리로 용병을 불러 모았다. 파리 변두리가 뜨거워질 판이다. 북소리가 울려 퍼졌다. 붉은 외투를 입은 사람들, 삼각모를 쓴 사람들이 행진했고 토담 방벽 위에서 기사들의 그림자가 어른거렸다. 파리는 서서히 몸이 묶이고 목이 조여들어 가며 위협받는 느낌이 들었다. 쿠르티유 동네의 랑포노 술집에서 물 배달 노동자, 모자를 파는 노점상, 쇠붙이나 토끼 가죽을 파는 상인, 떠돌이 장사꾼, 누구나 흥분한 상태였다. 마부 앙투안 살로숑도 흥분했고, 석공 장 모랭도 흥분했다. 생마르탱 시장의 술통 장수, 의자 대여 업자, 정어리 혹은 무를 파는 상인도 흥분했다. 보노 씨네 식당의 설거지통 사이에서 종이 장수 샤를 글레브가 흥분하고, 세공품 제조인 밀루가 흥분하고, 열쇠공 장 로베르, 양탄자 장인 쇼리에, 인쇄공 피콜레가 흥분했다. 술집마다 주석 잔과 유리잔에 맥주와 증류주를 들이부어 축배를 들었고 누군가 작은 의자 위로 올라가기도 했다. 포르슈롱 거리가 끓어올랐고, 물랭드 자벨 거리도 끓어올랐으며, 보지라르 거리도 끓어올랐고, 라페 거리도 끓어올랐으며, 그랑 샤롱 거리, 프티 샤롱 거리, 그로 카유 지역, 메닐 몽탕 지역 등 구석구석에서 끓어올랐다. 술집 부테유에서 사람들은 많이, 요란하게 말했고 악을 쓰고 욕을 하기도 했다. 아! 그 시절엔 술집 식탁 위에 올라가는 것을 어찌 그리도 좋아했던지. 술집 라퐁텐에서 광주리 장수 샤를 바생이 식탁에 올라가 끓어올랐고, 씨앗 장수 피에르 퐁티용도 끓어올랐고, 배달부 장 셰브릴도 의자 위로 뛰어오르더니 끓어올랐다. 토론이 달아올랐다. 모두들 늦게야 잠자리에 들었다. 말을 하고, 또 했다. 이토록 말을 많이 한 적이 없었다. 그 전에 사람들은 거의 하루 종일 사지를 움직이고 땀을 흘리고 등골이 휘는 일을 했다. 그런데 4월부터 말들이 많아졌다. 입에서 단어들이 튀어나왔다. 수많은 단어들.

단어의 홍수.

　7월 11일, 네케르가 다시 해임되었다. 아르투아 백작과 왕비에게 줄이 닿은 브르퇴유가 그 자리를 꿰찼다. 누구나 알 듯이 다시 강경책으로 돌아갈 속셈이었다. 11일과 12일 사이의 밤, 파리는 잠들지 못하고 뒤척거렸다. 잠을 설쳤다. 7월 12일, 분위기가 긴장되었다. 여기저기에서 사람들이 모여 갑론을박을 벌였다. 그러더니 오후에 팔레 루아얄에서 선한 얼굴에 유행에 따라 길게 기른 머리카락을 휘날리는 29세의 젊은 변호사가 네케르의 사임이 불안한 징조라고 우물거렸다. 몇몇 사람이 주변에 모여들어 귀를 기울였다. 그리고 좀 더 크게 말해 보라고 부추겼다.

　푸아라 불리는 카페의 문전에서 벌어진 일이었다. 이 가게의 여주인은 남편을 위해, 밤나무 가로수 대로에서 청량음료와 아이스크림을 파는 영업을 허가받았다. 지나가는 사람들을 끌어들일 수 있는 길목이었다. 오를레앙 백작에게 개인 접견을 청해 이 허가를 얻었는데 백작은 여주인이 아주 예쁘다고 생각했다. 특혜를 얻으려고 어떤 대가를 치렀는지 훤히 눈에 보였다. 백작이 예쁜 여주인을 감상하려고 몇 차례 찾아와 레모네이드를 마셨던 이 카페 문전에서 젊은 변호사 카미유 데물랭이 탁자에 올라가 더듬거리는 말투로 첫 연설을 했던 것이다. 그는 말더듬이였다. 말더듬이가 명연설가가 되고 돌머리가 작가가 된 경우는 부지기수이다. 인생이란 묘해서 종종 결핍이 성공을 일군다.

데물랭은 민중의 분노를 충동질했다. 푸아 카페 문전의 탁자에 올라가더니 〈그들은 애국자들의 성(聖) 바르텔레미[7]를 준비하고 있다〉고 말한 것이다. 이는 데물랭의 가장 유명한 어록이었고 바로 그 순간이 전성기였다. 당시 애국자란 단어는 일종의 만능열쇠였다. 군중은 데물랭의 말을 수긍했다. 젊은이의 말은 공포, 고조되는 불안감, 식량 부족 사태에 처한 사람들 사이에서 메아리를 불러일으켰다. 그렇다. 그들은 또 하나의 성 바르텔레미를 준비하고 있었다. 하지만 절대로 그렇게 하지 못할 것이었다. 아르투아 백작은 용병대의 수장으로 파리에 입

7 〈성 바르텔레미 축일의 학살〉을 뜻한다. 1572년 8월 24일, 신구 종교 갈등으로 가톨릭 세력이 신교도인 위그노들을 학살한 사건이다.

성하지 않을 것이었기 때문이다. 데물랭의 몇 마디가 여기저기 떠돌며 흔적을 남기고 물기를 자아냈으며 이 세계의 존재 양식이 되었다. 미라보의 말처럼 그것은 물증이 있을 수 없는 영역, 성혼, 믿음을 건드렸다. 그것은 말의 성찬이 아니라 누구에게나 이해되지만 깊이를 잴 수 없는 어떤 징후였다. 모든 사람의 단어들이었다.

마치 포복절도하다가 자칫 숨이 막히는 오류가 발생하듯, 위대한 순간들에는 항상 경박하고 어처구니없는 일화가 동반되는 법이다. 대로의 어느 가게에서 누군가 오를레앙 백작과 네케르를 본뜬 밀랍 인형과 흉상을 빌려 마치 수호성인, 은인인 양 손에 들고 돌아다녔다. 나무에는 그것을 잘 보려고 기어오른 남자들과 아이들이 주렁주렁 매달려 있었다. 나뭇가지가 휘었고 나무 사이로 그들은 잡담을 나눴다. 천진하면서도 괴이한 흉상들이 그 아래로 지나갔다. 지붕, 창문, 도처에 사람이 우글거렸는데, 도시 하나에 이토록 사람이 많다는 사실이, 이 새로운 말투, 흥분, 언어의 홍수, 이 우정이 놀라울 따름이었다.

그리고 이제 시위자들이 튀일리궁에 이르렀다. 랑베스크 공의 명령에 따라 군대가 군중에게 달려들었다. 어떤 일이 딱 하루만 벌어진다면 하나의 징조로 그칠 텐데, 계속되어 징조가 모이면 모호함과 모순이 발생한다. 그래서 민중이 해방감을 갈구하고 서민의 노래가 귀족의 춤곡을 압도하자 기병대가 그들을 공격한 것이다. 구타를 했는데, 오! 딱히 죽이려는 것은 아니지만 때리고 밀쳤으며 여자들은 관목 담장 사이로 도망치고 쇠스랑에 찔린 퇴비 덩어리처럼 모두들 뒤로 밀쳐졌다. 프랑수아 페펭이란 행상은 기병대에게 끌려 다니다가 총검에 찔렸다. 방어를 하느라고 사람들은 의자로 바리케이드를 쌓았고 몽둥이와 돌을 들었으니, 이는 파리의 소상인들과 장인들, 가난한 어린아이들이 일으킨 투석전이었다.

하루하루 불평의 목소리를 높이던 국가 근위대도 마침내 폭도들에 합류했다. 레베용 사건 이후로 그들은 명령의 옳고 그름을 따지고 들었고 더 이상 군중을 향해 발포하려 들지 않았다. 군중 속에는 형제자매와 친구가 있었다. 튀일리궁에서 벌어지는 일을 전해 들은 군인들은 즉시 병영을 빠져나와 왕당파 군대와 충돌했다. 예기치 못

한 저항에 맞닥뜨린 브장발 남작은 부대에 후퇴 명령을
내렸다.

파리는 이제 민중의 손에 넘어갔다. 모든 게 휘청거렸
다. 날카로워졌다. 사람들은 분수대에 들어가 헤엄을 쳤
다. 어둠이 깔렸다. 삼삼오오 무리 지어 바리케이드 위를
걸어 다녔다. 노동자, 목공, 양복장이같이 일상에서 흔히
보이는 사람도 있었지만 움막이나 벽촌 항구에서 갓 빠
져나온 지게꾼, 무직자, 은어로 대화하는 이들도 있었다.
대도시의 밤에 불꽃이 번득이고 날카로운 비명이 울려
퍼졌다. 누군가 파리 진입세 납부 증명서를 불태웠다. 다
른 사람도 뒤따라 태웠다. 또 한 장이 태워졌다. 바리케
이드가 불타올랐다. 불태워지는 것은 우리를 둘러싼 세
상에 형용할 수 없이 묘하고 매혹적인 빛을 비추었다. 사
람들은 뒤집히는 세상을 에워싸고 춤을 췄고 눈빛은 불
속에서 초점을 잃었다. 우리는 마른 짚 같은 불쏘시개
였다.

7월 13일 아침, 시청에 불안한 부르주아들이 모였다.
위원회를 만들고 무장 민병대를 창설했다. 그 시간에 왕

은 사냥을 나갔다. 왕을 태운 말은 숲속을 달렸고 몰이꾼은 개들을 몰았으며, 개들은 짖어 대고 사슴은 덤불 속을 뛰었다. 오직 시간만이 인간을 변화시키지만 어느 정도의 공간적 거리는 몇백 년의 시간과 맞먹는다. 파리에서 20킬로미터 떨어진 곳에 거하는 사람들은 전혀 다른 세상에 살고 있었다. 왕비는 트리아농궁에 머무르며 연꽃을 따고 있었다. 최근 벌어진 사태에 조금 불안해졌지만 일상은 달라지지 않았다. 오후엔 기분 전환 삼아 당구 몇 판을 칠 것이었다.

파리 시민들은 무기를 찾았다. 군대가 다시 돌아올까 두려웠다. 우왕좌왕하던 터에 문득 떠오른 이상한 생각은 몽드피에테[8]에 가자는 것이었다. 어떤 한심한 놈이 전당포에 맡겼을 법한 진실, 오래전에 까맣게 잊었던 진실, 모든 문제의 해답을 찾으려는 듯이 그들은 담보물이 쌓여 있는 곳으로 몰려갔다. 창구에서 점잖게 몇 푼 안 되는 돈만 갚으면 물건을 돌려받을 수도 있었을 것이다. 아무도 되찾으려 하지 않았으니 담보물은 창고에 들어갔고

8 저금리 전당포.

꽁꽁 포장된 채로 잊혔을 것이다. 사실 몽드피에테에서 스위스산 회중시계, 고급 레이스, 오래된 지팡이 틈 속에서 사람들은 구식 무기를 찾아냈다. 마튀잘렘 권총, 케케묵은 화승총 따위였다. 어쨌거나 군중은 그것들로 무장했다.

아침, 사람들은 왕실 가구 창고인 가르드뫼블을 털었다. 울긋불긋한 물건들이 우아한 회랑으로 쏟아져 나왔다. 군중은 웅장한 계단과 화려한 살롱으로 몰려갔고 이제 무기고에 이르렀다. 눈이 휘둥그레진 채로 시암[9] 왕의 선물이었던 행사용 대포 두 문을 찾아냈다. 검은 옻칠이 된 인도산 목재 포가(砲架)에 거치된, 은 상감된 이국적인 대포의 포구를 상상해 보라. 사람들은 그것을 한 계단씩 질질 끌어내리고 난간 위로 굴려 내렸다. 이어 마호가니 상자에서 무기를 꺼냈으니, 기사의 황금빛 창이 가죽공의 손에 넘어가고 투구가 여공의 머리를 장식했다. 파리 거리에 걸맞지 않은 어느 기사의 모습이 당시의 그림에 어렴풋이 보이는 것으로 미루어 아마도 몇몇 사람이 필리프 오귀스트의 갑옷을 입고 낄낄거렸을 것이다.

9 오늘날의 태국.

성물, 장검, 화승총, 미늘창을 찾아냈고 마네킹의 갑옷을
벗겼다. 그리고 중국 장검, 투창까지 포함해서 모든 무기
를 손에 넣은 후 침대의 캐노피를 해체해 몽둥이를 만들
었고, 커튼걸이는 창으로, 의자 다리는 곤봉으로 만들
었다.

　며칠 전부터 무기 상점은 문이 부서지고 약탈당했다.
샤틀레궁의 춤곡은 잔인한 애가가 되었다. 상점이 털리
고 문은 부서지고 화약통이 도난당하고 칼은 누군가가
훔쳐갔다. 한밤중에 상인이 잠에서 깼고 떼 지어 가게로
몰려든 사람들이 장총과 권총을 요구했다. 아무렇게나
무장한 기묘한 모습의 군중이 거리를 배회했다. 장총과
창, 그리고 화승총과 차륜식 장총으로 무장한 계몽주의
의 아들이 도심지를 누비고 다녔다. 프랑수아 1세 시절
의 골동품이니 어떻게 쓰는지도 거의 몰랐다. 다른 사람
들은 도끼, 녹슨 단검, 보잘것없는 주머니칼을 높이 치켜
들고 휘둘렀다. 모두 행복해하며 찬란한 햇살 아래에서
행진했다.

　마침내 기발하고 괴상망측한 생각에 사로잡힌 군중은
극장 문까지 부수러 갔다. 그러더니 소품실로 들어가 무

대용 소품을 실전용 무기로 삼았다. 그들은 다르다누스의 방패와 조로아스터의 횃불을 치켜들었다. 가짜 칼이 진짜 몽둥이가 되었다. 현실이 허구를 약탈한 것이다. 모든 가상이 실제로 변했다.

불면

잠들지 않는 것, 이는 죽음 속에서 사는 것이다. 밤은 우리가 움직이지 않아도 가보길 포기했던 곳으로 우리를 이끈다. 낮은 혼돈이고 밤은 가차 없다. 밤은 품 안에 숨긴 거울로, 보지 않아도 짐작할 수 있는 우리의 모습을 비춰 주며 침묵의 시간으로 천천히 이행하는데, 우리는 가끔 작은 불빛 하나를 보고 (이 검불이 우리 얼굴에 잠깐 들러붙기도 한다) 이 찰나의 빛 속에서 어떤 징후가 우리에게 말을 걸면 모든 게 환히 드러난다.

하지만 사람들은 이런 것을 결코 이해하지 못한다. 술 한잔 마시고, 담배 한 대 피우며 창문을 활짝 연다. 공기가 끔찍할 정도로 뜨겁다. 우리는 결코 잠들지 못할 테고 영원히 더 이상 잠들지 못하고 이 커다란 광명이 다시 찾아와 머물 때까지 깨어 있을 것이다. 이 빛은 돌아오지 않았다. 시간은 늘어지기만 했다. 자신의 처지와 가치를 재확인하고 다짐하고 싶어 서류를 뒤적거리고 옛 편지를 다시 읽었다. 1789년 7월 13일 밤은 아주, 아주 길었고 가장 긴 시간 중 하나였다. 아무도 잠들 수 없었다. 루브르궁 주변에서 삼삼오오 무리 지은 사람들이 약탈할 거리를 찾아 무뚝뚝한 표정으로 떠돌고 있었다. 술집은 문을 닫지 않았다. 강변에서는 밤새도록 묘한 그림자들이 홀로 떠돌아다녔다. 숨 막히는 더위 탓에 아무도 잠들지 못했다. 바람 한 줄기, 숨 돌릴 만한 바깥 공기를 찾아 나섰다. 파리 전체가 잠들지 못했다.

그 세기의 가장 아름다운 여름 중 하나였다. 가장 더운 여름이기도 했다. 사람들은 구워지고 있었다. 지난겨울은 추웠고 너무 추운 나머지 땅 밑 한 자 아래까지 나무뿌리가 얼어붙었다. 프랑스 전역에 기근이 퍼졌고 처음에는 절망이 묵묵했다가 차츰 소리를 내기 시작했고 나중에는 분노가 찾아왔다. 그런데 이제 아주 더워졌다. 너무 더웠다. 밤이 되면 젊은이들이 밖으로 나가 도시 변두리를 오랫동안 뒤지고 다녔다. 당시 프랑스는 믿지 못할 정도로 젊은 나라였다. 혁명에 가담한 이들은 아주 젊어서 경찰서장이 20세, 장군이 22세였다. 전무후무한 일이었다. 참을성 없는 젊음은 그해 7월 13일에 도무지 잠들 수 없었다. 다른 육체가 필요했고 다락방을 박차고 나와 메뚜기 같은 다리로 도시를 휘젓고 다녀야만 했다. 그런 나이에는 누구나 그렇듯 빈손으로 바깥으로 후딱 뛰어나갔다. 포석 깔린 텅 빈 거리를, 센강 변의 자갈 사이를 헤매고 다녔다. 쿠르티유 근처에 머리에 작은 스카프를 쓰고 무거운 치마를 입고 허리춤을 동여맨 작업복 차림에 어깨에 그물 숄을 걸친 채 산책하는 사람이 있었다. 거지 가족이 기둥 아래에서 졸고 있었다. 수많은 파리 사람은 빵을 살 돈조차 궁했다. 하루 품팔이로 10수를 벌었지만 4파운드 빵값은 15수였다. 그러나 나라는 가난하지 않았다. 심지어 부유해졌다. 식민지와 산업과 광산 덕분에 부르주아지는 번성했다. 부자들은 세금을 거의 내지 않았다. 나라는 파산 지경인데 지주들은 불평거리가 없었다. 푼돈 벌려고 고생하는 쪽은 봉급생활자, 장인, 소상인, 제조업자였다. 그리고 굶주리고 쓸모없는 국민인 실업자들이 있었다. 무역 협정으로 프랑스는 영국산 상품에 문을 열었고 부유한 고객들은 최저 가격으로 물건을 파는 외국 공급업자에게 몰려갔다. 공방은 문을 닫고 직원을 줄였다. 7월 13일 밤, 모든 게 술렁거렸고 거리를 헤매는 강아지의 다리 사이가 근질거렸고 오줌을 싸는 주정뱅이의 가랑이 사이가 조급했고 넝마주이의 겨드랑이가 끈적거렸으며 모든 사람이 긁적거렸다.

장총과 창으로 무장한 무리가 파리의 거리에 바리케이드를 쌓았다. 마차를 세워 뒤진 다음 그레브 광장으로 끌고 갔다. 몇 시간 만에 광장은 거대한 차량 보관소가 되었다. 가죽, 백조 모양의 주철 장식, 유리창이 번쩍거렸다. 가마와 우마차가 나란히 몰려 있고 밀가루 자루가 식기 더미 위에 쌓여 갔다. 밤새 보급품과 무기가 사라질까 두려워 눈에 보이는 것은 모두 가져와 쌓아 두었다. 급보가 나돌았고 트론 경계선 너머로 왕당파 군대가 보였다. 그런 와중에도 사람들은 독주를 홀짝거리며 입맞춤을 했다. 노래를 불렀고 이름을 대신하여 고향 명칭으로 서로를 호명했다. 프랑스 전역의 사투리가 들렸다. 파리 주변에 사람들이 떼를 지어 모였다. 4월 말경, 〈허름한 옷차림에 흉악한 얼굴〉의 건달들이 외곽 지대를 넘어 파리로 들어왔다. 5월 초순 빌쥐프 근방에서 5백~6백 명의 떠돌이가 비세트르 성문을 부수려 했고 생클루까지 접근했다. 이제 군중의 양상이 달라졌다. 〈대부분 남루한 옷차림에 커다란 몽둥이로 무장하고 각국에서 몰려온 외국인〉이 군중에 섞여 들었다. 30, 40, 50리외[10] 떨어진 곳에서 몰려왔다. 그들은 파리로 파고들었다.

전날부터 이 가난한 사람들은 떼를 지어 거리를 활보하며, 겁에 질린 채 부들부들 떨면서 제집에 칩거하는 부르주아들을 위협했다. 빵 가게와 술집이 약탈당했다. 어린 여자들은 지나가는 행인의 귀고리를 잡아 뜯었다. 귀고리를 뗄 수 없으면 귓불을 찢었다. 경찰서장의 집이 약탈당했고 식구들은 겨우 빠져나왔다. 또 다른 패거리는 괴성을 지르며 빚을 갚지 못해 죄수가 된 이들이 갇혀 있는 포르스로 몰려갔다. 그들은 죄수들을 풀어 주었다. 누더기 차림의 남자 패거리는 성 라자로 수도원의 문을 도끼로 부수고 도서관을 약탈하고 가구, 그림 등을 모조리 부숴 버렸다. 거리는 깨진 물건과 부랑자로 가득 찼다.

10 과거에 쓰이던 거리의 단위. 1리외 lieue는 약 4킬로미터이다.

어떤 이들은 흰색 미사복, 성가대 지팡이, 우비, 사제복, 주교의 홀장을 갖추고 거리로 나와 행인들에게 축복을 내렸다.

7월 13일과 14일 사이의 밤, 내 생각에는 밤 중의 밤, 성탄절, 가장 끔찍한 성탄의 밤, 대사건의 날에 흔히 말하는 천민들, 한마디로 가장 가난한 사람들, 그러니까 그때까지 역사상 시궁창에 버려졌던 사람들이 총과 갈고리와 창으로 무장하고 남의 문을 부수고 들어가 먹고 마셨다. 그때부터 자비심만으로는 충분하지 않았다. 역사가들은 공포를 자아내는 외모의 떠돌이들이었다고 기록했다. 부르주아들도 떼를 지어 질서를 회복하러 돌아다녔다. 몇몇 건달을 가로등에 매달고 총으로 쏴 죽이기도 했다.

*

종들이 울렸다. 사람들은 종루의 문을 부수고 들어갔다. 모든 종루의 모든 종이 거침없이 울려 댔다. 종 치는 망치가 요동쳤다. 담장이 흔들거렸다. 종소리가 퍼져 나가며 점점 요란스러워졌다. 큰 종이 **가장 높은 음**을 토해 냈다. 큰 행사가 있을 때만 울리던 노트르담 대성당의 종, 직경이 3미터에 이르는 종의 텅 빈 심장의 육중한 박동 소리가 도시 전체의 담에 울려 퍼졌다. 도처에서 앙증맞은 작은 종들이 흔들거렸다. 탑의 종, 교회 종, 꼭대기 종이 울렸다! 그러나 경건한 대축일이나 총회, 주일 예배, 주님의 축일, 저녁 기도와 같은 중대한 성사를 진행하는 것은 아니었다. 또 장삼이사의 혼인 성사를 알리는 종소리가 아니었다. 조종(弔鐘)이었다. 묵직하면서도 널리 퍼지고, 남성적이면서 동시에 날카로운 소리가 모든 음정을 담아 귀청을 찌르고 귀에 들리지 않는 낮은 음정으로 우리 몸을 찢어 놓았다. 마치 우리를 파괴하는 연기 같았다. 하늘도 식은땀을 흘리고 후들거리며 부들부들 떨었다. 천한 계집들은 입을 다물었다. 농담이 입술에서 멈춰 버렸고 쓰레기 더미 속에서 다리가 휘청거렸다. 개들은 몸을 숨겼다. 소동이 잦아들었다. 바람이 불어 횃불이 꺼져 갔다. 사람들이 뱉는 과일 씨는 어둠 속으로 사라졌다.

데키우스 황제가 통치하던 시절, 에페소스에서 일곱

명의 궁정 관리가 전 재산을 가난한 사람들에게 나눠 주고 산속에 들어가 은거했다. 사람들이 그들을 추적했다. 그들이 사는 동굴을 찾아낸 군인들은 깊은 잠에 빠진 은자들을 발견했다. 군인들은 살금살금 밖으로 나와 동굴 입구를 담장으로 막아 버렸다. 두 세기가 흘렀다. 산책을 하던 사람이 우연히 담장을 발견하고 감옥을 부수었다. 그가 동굴 안으로 들어가자 일곱 사람이 잠에서 깨어났다. 그리고 반란. 반란이 일어나고 세계를 뒤집어엎었다 해도 그런 기운이 쇠진하면 사람들은 반란이 실패했다고 믿는다. 그러나 반란은 어느 날 부활한다. 이러한 역사는 불규칙하고 변덕스러우며 은밀하고 저항에 부딪힌다. 왜냐하면 어쨌거나 잘 살아야 하고 배를 잘 운항해야만 하며 맨날 봉기만 할 수는 없기 때문이다. 아기를 낳고 일하고 서로 사랑하고 살기 위해서는 약간의 평화가 필요하기 때문이다.

새벽녘에 그들은 앵발리드로 향했다. 왕의 군대를 막아 내기 위해 총으로 무장하길 원했다. 도시 곳곳에서 샹드마르스 쪽으로 가는 작은 무리가 형성되었다. 9시 무렵 이미 수천 명이 철책 뒤에 모여들었다. 몇 번의 총성이 울렸다. 송브뢰유 후작이 협상을 시도했다. 시간이 갈수록 군중은 늘어 빽빽이 들어찼다. 돌에 박힌 철책이 삐거덕거리기 시작했다. 곧 군중이 수천 명으로 늘었다. 수천 명의 군중, 이들은 일렬횡대로 늘어선 학생들이 아니라 몽둥이 한 대로 해산시킬 수 없었다. 베르사유는 침묵했고 늙은 후작은 뭘 해야 할지 알 수 없었다. 커다란 사건은 대개 이런 방식으로 벌어지는데 권력은 아마 신중하게 말을 아끼는 공백 상태인 듯하고, 주사위는 판 위로 구르는데 고관대작은 우물쭈물한다.

10시경 부대장이 아마도 대화를 해보려고 철책을 연 모양인데 군중은 통제되지 않고, 군중은 타협하지 않고, 군중은 토론하지 않으며, 군중은 기다리는 것을 좋아하지 않는다. 앞쪽에서 일어나는 일이 전혀 보이지 않는 뒤편 젊은이들이 웃어 대며 〈가자! 가자!〉 외치면서 떠밀었다. 순식간에 철문의 경첩이 비틀어졌고 군중이 악을 썼고 송브뢰유의 말은 바닥에 흩어져 사라졌다. 아무도 그의 말을 듣지 않았고 모두가 무시했다. 근위대도 더 이상 버틸 수 없었다. 머릿수가 판세를 좌우했다. 송브뢰유가 물러났다. 그리고 사람들이 진입했다. 남녀노소, 모든 직종, 장삼이사, 늙은이, 손에 굳은살이 박인 사람, 우스꽝스러운 사람, 취객, 무지렁이, 봉두난발, 이 모두가 철책을 부수고 정문의 머리 아치를 뜯어 버리고 웃고 떠들며 중앙 광장으로 물밀듯 몰려갔다. 거기에서 군중은 눈이 휘둥그레진 채 걸음을 멈췄다. 아, 앵발리드가 이토록 아름답다니! 과일 바구니, 풍요의 잔, 커다란 창문, 회랑의 기둥들!

그때, 경험 많은 군인들이 폭도 무리에 합류했다. 그들은 같은 운명에 처한 터였다. 군인들이 고양이 귓속같이 복잡한 궁전에서 폭도들을 안내했다. 마치 거대한 군무를 추는 듯한 모습으로 이어지는 복도를 지나고 계단을 따라 돌아가고 서로 밀고 밀치며 술 취한 사람처럼 더듬거리고 또 다른 계단을 내려가, 커다란 지하 공간에 이르렀다. 2킬로미터의 교통로와 터널 속, 3만 정의 소총이 짚 멍석 위에 나란히 쌓여 있었다. 저마다 총을 잡겠다고 야단법석이 벌어졌고 서로 밀치고 떠밀어 숨이 막혔다. 돌계단에 걸려 쓰러지며 악을 썼다. 흥분하여 긴장된 팔로 총을 잡아채고 움켜쥐었다. 아래로 굴러떨어지는 사람들을 어렵사리 헤치고는 눈이 부셔서 손바닥으로 차양을 만들며 밖으로 나왔다. 하느님 맙소사, 곧게 쭉 뻗은 총이 이렇게 아름답다니. 장난감, 연장, 왕홀 같았다.

성채

그곳은 호루스 신전이었다. 여덟 개의 첨탑. 그것들을
연결하는 담장. 두께 31미터. 말이 없다. 듣지도 못한다.
창문이 없다. 눈이 멀었다. 성채. 아주 높은. 12년 만에
세워졌다. 파리로 통하는 관문으로 건설되었다가 도시를
방어하는 요새로 쓰였다. 그러니까 가짜 관문이다. 요새,
창고, 병기창, 금고, 감옥. 당시 모든 성이 그러하듯 내부
에는 지하 감옥, 죽은 배가 있었다. 늙은 이집트의 무표
정한 얼굴. 모래와 돌의 신. 거대한 덩어리. 나그네의 주
막. 용 조각상. 거대한 절벽. 너는 거대하고 음침한 무엇,
오리온, 코키투스강,[11] 침묵의 신, 죽어 메말라 버린 영
혼인 너에게 어떤 의미를 부여해야 할지 모르겠다. 혹은

우리가 더 이상 알 수 없는 무엇이라면, 아나트여, 균형이 일그러질 정도로 오로지 거대하기만 한 아나트, 너의 겉모습 아래에는 가렴주구와 빈곤으로 처참한 지경에 빠진 민중의 참상이 숨겨져 있다.

가장 먼저 인상적으로 다가오는 것은 대조적인 풍경이다. 생탕투안 거리, 작은 집들, 오두막들 사이에서 우뚝 선 바스티유. 그것은 동네를 위에서 내려다보며 압도한다. 동네를 뒤덮고 있다. 도대체 저기에 왜 서 있는지, 생뚱맞다.

보는 사람은 사지가 굳어 버린다.

사람들이 밤새도록 삼삼오오 떼를 지어 첨탑 아래로 몰려들었다. 성채 안에 있는 수비대도 평안하지 않았다. 허공에 소총 소리가 울려 퍼졌다. 반골 군중이 말없이 성곽 주위를 맴돌았다. 성채 담당관 드 로네가 밤새 병기고에서 성채로 화약을 가져오고 외바퀴 수레에 돌을 담아 첨탑에 쌓아서 전투에 대비하는 모습을 군중은 지켜보았다. 이른 시간부터 포부르의 폭도들이 몰려왔고 숫자가

11 그리스 신화와 단테의 『신곡』에 나오는 강. 망자는 이 강을 건너며 후회스러운 기억을 떠올리고 탄식한다.

갈수록 늘어 갔다. 아이들은 개울에서 놀았고 개들이 짖어 댔다. 심지어 커다란 물새도 있었다. 아! 어떤 불길, 어떤 희열이 그들 심장에 번져 갔는지 우리는 결코 알 수 없을 것이다. 어쩌면 우리도 같은 불에 타오를지 모르지만 결코 같은 날, 같은 시간에 그럴 수는 없고, 치밀하게 회고록들을 검토하고, 모든 증언을 섭렵하고, 글과 신문 기사를 읽고, 조서들을 파헤칠지언정 아무것도 발견하지 못할 것이다. 우리는 제집 안방에서 모든 역사 속으로 들어가는 관문에 해당하는 돌, 진정한 로제타석은 결코 찾지 못했다. 우리의 비밀 신호처럼 진실은 우리의 말을 통해 전달된다.

아침부터 바스티유를 둘러싼 군중의 규모가 커져 갔다. 개가 짖어 댔고, 파리로 끌려가는 노새도 있었고, 젊은이들은 술에 취해 있었다. 아주 가난한 노인도 있었고, 아주 부유한 상인도 있었으며, 아주 아름다운 젊은 여자도 있었다. 6시부터 병기창 안마당에 니콜 다라스도 자리 잡고 있었다. 모로 집안 사람 둘, 23세가 된 중위 프랑수아, 손위라고 하지만 고작 한 살 더 먹은 대위 필리프도 함께 있었다. 파랑, 하양, 빨강이 어우러진 차림의 어린 국민방위대원도 있었다. 삼각뿔 모자나 털모자를 쓴 무리도 눈에 띄었다. 처음에는 듬성듬성 흩어져 있던, 보잘것없던 군중은 제각기 기운을 차렸고, 두려움은 떨쳐 냈지만 아직 그리 흥분하지는 않은 터였다. 그러더니 마치 수위가 높아지는 것처럼 감지할 수 없을 정도로 군중의 간격이 촘촘해지다가 순식간에 서로 팔꿈치가 닿을 만큼 밀집되더니 함성이 엄청나게 커졌다. 아! 얼마나 부풀어 올랐던가, 낄낄거리며 웃는 이 봉두난발의 젊은이들! 그리고 행주치마에 코를 푸는 저 늙은 어미!

꼭두새벽에 요새 앞에 있는 것, 방 안에 틀어박혀 낄낄 웃으며 두려움을 이겨 나가는 것은 얼마나 흥분되는 일인가. 새벽만큼 아름답고 사람을 도취시키는 것은 없다. 신선한 바람에 머리카락이 일어나고 셔츠가 부풀어 오른다. 불안하지만 행복한 표정으로 파리 여기저기에서 사람들이 몰려들었다. 이제 수많은 인파가 바스티유를 에워싼 막사까지 전진했다. 그들은 높은 탑 위에서 자신들을 겨누고 있는 총들을 발견했다. 군중은 몽둥이, 포석, 몇 정의 소총, 그리고 얼마 안 되는 화약만 가지고 있었다. 그들은 국민방위대 소속 군인, 그리고 성채의 발치에 버티고 있는 사람들과 인사를 나누었다. 묘하고 전율 어린 분위기였다. 초면인데 친하게 느껴졌다. 서로 몇 마디 주고받으며 농담했다. 그때, 돌연 바스티유에서 몇 차례 총성이 울렸다. 두 남자가 죽어 쓰러졌다. 14세 소년의 팔이 관통되었다. 군중이 상점이 늘어선 골목으로 흩어졌다. 담장에 붙어 몸을 웅크리거나 비명을 지르며 뿔뿔이 흩어졌다.

한 남자가 큰 몸짓으로 집합 신호를 내리며 남자 몇 명을 바스티유 벽을 따라 나란히 세웠다. 그들은 즉시 탑을 향해 사격했지만 총알은 벽을 스치고 지나갔다. 그 남자는 푸르니에이다. 젖을 떼자마자 머슴이 되었다가 15세에 산토도밍고로 모험을 떠났던 이력 덕분에 아메리카인이라는 별명을 얻었다. 내세울 거라곤 전혀 없었다. 공부도 거의 못 했다. 겨우 쓸 줄 알 따름이었다. 그러나 무리를 이끌 줄 알았다. 주변 사람들 속에서 홀로 컸으며 작은 식당에 살면서 주방 문 바깥의 말을 유심히 귀동냥했다.

한순간, 동네가 죽은 것처럼 보였다. 시체 두 구가 폭우 지나간 후의 짚단처럼 마당 한가운데에 누워 있었다. 군중은 느릿느릿 담장에 붙어서 돌아왔다. 그때 다시 총성이 울렸다. 12세 남자아이가 총알에 맞았다. 일어설 수 없어 그냥 쓰러져 있었다. 푸르니에는 데리러 갈 테니 움직이지 말라고 소리쳤다. 그 사내는 불같은 성격이라 분노와 연민이 뒤섞인 심정에 사로잡혔다. 갑자기 국민방위대원들이 은신처에서 나와 바스티유 방향으로 총을 쏘았다. 두근거리는 심정으로 푸르니에는 몸을 날려 마당을 가로질러 뛰어갔다.

　팔을 어깨에 들쳐 메고 아이를 총알이 미치지 않는 곳으로 끌고 갔다. 상처가 깊은 터라 서두르지 않으면 결국 죽을 수밖에 없기 때문에 시립 병원으로 이송하기로 했다. 서둘러 나무판자에 올려 둘러멨다. 거리까지 휘청거리며 메고 갔다. 생탕투안 거리가 갑자기 구만리처럼 길어진 것 같았고 나무판자가 손가락을 파고들었으며 아이는 신음했다. 푸르니에도 총을 맞아 다리를 절었다. 그는 마주치는 사람들 모두에게 선동적 발언을 했다. 말로써 위대한 전과를 거두었으니, 대자보를 쓰는 선동가처럼 벽과 기둥과 담장에 대고 총과 화약이 필요하다고 외쳤다. 그런 것은 시청에 가서 요구하라는 대답을 듣자 들것을 다리에 걸치고는, 이미 가봤지만 아무것도 주지 않았고 파리 시장은 아무 짝에도 쓸모없는 놈이라고 말했다. 그들 뒤에서는 불이 타오르고 있었다. 이어 생폴 지역을 지나가자 뚝, 사위가 잠잠해지고 마치 아무 일도 없다는 듯 총성도 아득히 먼 데서 간헐적으로 들려왔다. 사람들이 멈칫멈칫 다가왔다. 아이에게 무슨 일이 있었느냐고 물어 왔다. 푸르니에는 자초지종을 이야기해 주었고 다시 울분을 터뜨렸다. 가벼운 바람이 얼굴을 휩쓸고 지나갔다. 그와 더불어 혁명은 거리에서 시작되었다. 군중은 흩어졌다. 아이를 옮기던 남자들은 지쳤고 낯선 사람들이 그들을 도왔다. 분수 근처에서 사람들은 걸음을 멈추었다. 휘청거리며 들것을 내려놓았다. 푸르니에는 손수건에 물을 적셔 부상자의 이마를 닦아 주었다.

들것을 옮기는 시민들 중 아주 덩치가 큰 사람이 있었다. 그는 들것 한쪽을 혼자 힘으로 버티었다. 푸르니에는 그를 쳐다보았다. 흑인이었다. 푸르니에와 그는 서로 마주 보았다. 아이가 신음하며 헛소리를 했다. 사람들은 부상자를 분수 옆에 내려놓았다. 푸르니에와 흑인은 그를 내려다보았다. 나는 그들과 아이가 눈에 보이는 것 같다. 어쩌면 헛것을 보는 것일지도 모른다. 나는 성마른 남자, 논쟁을 좋아하는 남자, 파산한 소시민이라 분노의 화신으로 변한 푸르니에, 그리고 들로름, 이 두 사람이 이른 아침에 서로 마주 보고 있는 환영을 보고 있다. 식민지의 농장주였으며 노예에게 몽둥이를 휘둘러 당밀주 공장을 일궈 냈다가 파산했다는 들로름이란 남자 역시 평범한 사람이 아니었다. 그의 이름은 기욤 들로름이다. 얼마 전, 변호사 졸리의 집에서 열린 농장주 회합에서 그의 존재가 두드러졌다. 청원서 명단에 자신을 **드 로름**이라고 서명하여 주변 사람을 분노하게 만들었다. 흑인이 귀족 칭호를 쓰다니. 나중에, 아주 먼 훗날에 격류에 모든 것이 휩쓸려 갔을 때, 혁명력 목월 2일 들로름은 의회를 향해 대포를 조준하고 있을 것이다. 생탕투안 거리에서 그는 혁명의 마지막 바리케이드를 세웠다.

마레 거리의 건물 벽이 햇살로 불그레해졌다. 벽에 반사되는 햇빛이 수그러들었다. 여기저기에서 흐느끼는 소리가 들린다. 푸르니에는 상대방에게서 눈길을 떼지 않은 채 옷소매로 땀을 닦았다. 회한과 정치적 분노가 뒤섞인 감정에 사로잡힌 신대륙 출신의 푸르니에, 그리고 상 퀼로트[12] 흑인. 하나는 백인이고 다른 하나는 흑인, 두 사람이 생폴 성당과 크루아 블랑슈 사이 어디에선가 마치 두 가닥을 꼬아 만든 끈처럼 호기심을 갖고 서로를 살피고 확인하고 냄새를 맡는 광경을 나는 상상해 본다. 부상당한 어린 남자아이를 둘러싸고 내려다보는 그들이 그려진다. 하나는 설탕 통 사이에 끼어 유럽으로 왔던 흑인 노예의 자식, 또 다른 하나는 한몫 잡으려고 앤틸리스 제도로 떠났던 보잘것없던 아이, 이 두 사람은 대양을 횡단했다. 그들의 삶이 돌이킬 수 없는 모순에 휩쓸리다가 서로 마주치게 되었다. 그런데 가끔 인생은 우리 투쟁의 흔적을 수정하기도 한다. 푸르니에는 모든 걸 잃고 불만에 가득 차서 뒷전으로 물러났다. 지금 그들은, 하나는 아이의 찬 손을 잡고 다른 하나는 축축한 손수건을 들고 들것을 둘러싸고 있다. 대서양이 구름에 비친 모습으로 머리 위를 지나가고 있었다.

부상당한 아이는 목이 말랐다. 흑인이 마실 것을 주었

---

12 귀족 남성이 입던 짧은 바지인 퀼로트를 입지 않은 사람이란 뜻으로, 프랑스 혁명을 주도한 민중 세력을 가리킨다.

다. 아이는 미소 지으며 곱슬곱슬한 들로름의 머리카락을 쓰다듬었다. 흑인이 웃었다. 아이의 눈이 감겼다. 그의 입술이 떨렸다. 들로름은 아이의 셔츠를 들춰 보았고 상처는 온통 새빨갰다. 그는 최선을 다해 아이에게 붕대를 감아 주었다. 검은 손이 피투성이로 변했다. 푸르니에는 우는 아이의 머리를 손바닥으로 받쳐 주며 부드럽게 이야기했다. 아이는 죽지 않을 테지만 그날 하루는 시작이 아주 좋지 않을 듯하다. 새벽에 사람들이 울먹이며 여기저기에서 몰려들어 북적거리며 무슨 일이 있었느냐고 물었다. 총소리 때문에 잠에서 깨어난 사람들이었다. 〈저들은 어린아이들까지 죽이고 있다!〉 푸르니에가 대답했다.

*

10시 반 무렵, 앵발리드에서 출발한 폭도들이 인근 거리로 쏟아져 나왔다. 광장들은 가득 찼고, 바스티유 주변은 인파로 넘쳐났다. 소문이 떠돌았다. 꼬마 하나가 인파 사이로 뛰어다니며 왕의 군대가 북쪽에서 몰려온다고 악을 썼다. 사람들은 바스티유 문 앞에서 토론을 벌였다. 서로 이름을 부르며 말씨름했다. 얼마나 한심한가! 상인 하나가 시청으로 가자고 제안했다. 국민 의회에 알리고 라파예트에게 도움을 청하자고 했다. 그러자 곧바로 너 도나도 앞을 다투어 떠들었고 라파예트는 건달이며 재판장도 건달이라고 소리 지르며 드잡이했다. 소상인들의 입씨름과 좌판을 벌인 여자들의 고성 사이에서 검은 턱수염에 가슴팍을 풀어 헤친 뚱뚱한 사내 하나가 몇몇 남자를 설득하는 데 성공했다. 그들은 군대를 저지하기 위해 포르트 드 생드니 쪽으로 가버렸다. 그러나 파리에 입성한 사람들은 왕의 군대가 아니라 탈영병 무리였다.

그날 악마를 잡자고 모인 사람이 20만 명이라는 말이 있는데, 아기와 노인과 환자를 뺀다면 파리 시민의 절반인 셈이다. 다시 말해 모두 모였다는 말이다. 가공할 만한 인파, 전체 시민이었을 것이다. 지금까지 그런 적이 없었다. 전체라고 해도 항상 빠지는 부류가 있게 마련이다. 그러나 7월 14일 아침에는, 남자와 여자, 노동자, 소상인, 장인, 심지어 부르주아, 학생, 가난뱅이까지 모두 모였다. 무질서를 틈타 평소에는 엄두도 못 낼 기회를 잡을지도 모른다 싶어 몰려온 도둑 떼도 있었겠지만 그들도 다른 이들과 마찬가지로 딱히 뭐라 칭할 수는 없으나 결코 놓칠 수 없고 가장 흥겨운 무엇인가에 끌렸으리라.

바스티유 성채 안에서는 불안감이 고조되었다. 감옥소 소장이 탑 위로 기어 올라갔다. 소장은 저 아래에서 거대한 군중이 소리치는 소리를 들었고 더 아래쪽으로는 끓어오르는 검은 먹물 같은 군중이 보였다. 파리가 거대한 쇠몽둥이로 두들겨 맞은 것 같았다. 노란 담장, 정원, 그리고 감옥까지 죄다 허물어졌다. 도처에 사람들이 넘쳐났다. 이런 광경을 상상해 봐야 한다. 성곽의 총안 너머로 내려다보는 감옥소 소장과 그가 지휘하는 군인들을 잠깐 상상해 봐야 한다. 도시 전체가 군중이고, 인민이 곧 도시인 상황을 상상해야만 한다. 그들의 경악한 모습을 상상해 봐야 한다. 금방이라도 폭우가 쏟아질 듯한 검은 하늘, 무거운 서풍, 얼굴에 들러붙은 머리카락, 먼지로 충혈된 눈, 그리고 성곽 해자 주변과 가정집 창문, 나무와 지붕 위까지, 도처에 몰려 있는 군중을 상상해 봐야 한다.

오랜 역사를 자랑하는 바스티유 요새는 이미 세 차례

점령된 적이 있었다. 1588년 5월 13일, 바리케이드가 세워진 그날 처음으로 함락됐다. 두 번째는 앙리 4세가 파리에 입성했을 때였다. 요새 수비대는 며칠 저항했지만 결국 굴복하고 말았다. 세 번째는 프롱드의 난이 일어났을 때였다. 그러나 7월 14일 바스티유는 기즈 공작과 몇몇 도적 떼에 포위된 것이 아니었고, 프랑스 왕의 군대 혹은 콩데 왕자의 군대에 괴롭힘을 당한 것도 아니었다. 이는 역사상 유례가 없는 사태였다. 1789년 7월 14일 바스티유는 파리에게 포위당했다.

파리

　도시는 사람들의 거대한 집결지일 뿐 아니라 비둘기, 쥐, 떠돌이 장사꾼의 집결지이기도 하다. 도시들은 약 5천 년 전에 생겼고, 농경 생활이나 문자, 혹은 에덴동산과 더불어 티그리스강과 유프라테스강 사이 어디쯤에서도 탄생했다. 카인이 방랑하다가 역사상 첫 번째 도시를 세웠을 것이다. 실상 도시는 이민자, 부랑자뿐 아니라 모든 무국적자의 회합 장소이기도 하다. 쇠붙이도 플루트 연주법도 모두 도시에서 탄생했을 것이다. 신이 징벌을 내리는 곳도 대개 도시였으니 에녹이 대홍수로, 소돔과 고모라가 비처럼 쏟아지는 불로, 여리고가 나팔 소리로 징벌을 받았다. 인간이 신의 계획에서 벗어나는 방법을 찾아낸 데가 바로 도시였기 때문이다.

그러나 1789년 7월 14일, 이번에는 바빌론이 대홍수보다 강했고 용광로보다 생생했으며 어떤 나팔 소리보다 시끄러웠다. 이제 도시는 거대하고, 파리는 세계에서 손꼽히게 큰 도시 중 하나이며 아고라와 포럼이 있는 옛 도시가 아니라 변두리와 교외에 빈곤이 끈끈하게 들러붙어 있고, 소식이 넘쳐나며, 풍문이 휩쓸고 지나가는 현대 도시이다. 파리에는 프랑스 각지의 사람들, 외국인들, 사투리를 쓰는 이민자들이 있고, 그들은 각자의 삶을 섞는가 하면 엄청나게 많은 이들의 경험을 공유하며 마침내 익명이 된다. 그렇다, 우리는 옛 가족을 털어 내고 봉건적 관계를 청산하고 익숙한 사람들로부터 벗어나고 친지로부터 해방된 것이다.

파리, 그것은 팔다리들로 이뤄진 덩어리, 무수한 눈과 입이 꽉 들어찬 한 몸통, 그러니까 하나의 소음, 무한한 독백, 수많은 우연, 혼란스러운 우연이 뒤따르는 영원한 대화, 게걸스럽게 먹는 배, 똥을 싸고 오줌을 쏟아 내는 행인들, 뛰어다니는 아이들, 꽃 파는 여자들, 수다스러운 상인들, 뼈 빠지게 일하는 장인들, 그리고 놀고먹는 백수들이다. 도시는 푼돈을 버는 노동자들이 모인 저수지이기도 하다. 그런데 놀고먹으면서도 배우는 것이 꽤 많다. 건들건들 돌아다니는 법, 바라보는 법, 불복종하는 법, 심지어 욕하는 법도 배우게 된다. 백수 생활은 엄격한 학교이다. 사람들은 이 학교에서 자신이 무용지물임을 배운다. 이런 배움은 쓸모가 있을지 모른다.

도시는 한 명의 등장인물이기도 하다. 싸구려 희극도 비극도 아니고 연출자도 없고 합창단도 없으며 조연도 없이 야외에서 공연되는 연극의 등장인물이다. 이때 등장인물은 하나의 인파, 군중, 매력적인 떼거리, 무수한 인간 무리, 다양성이다. 퐁타를리에, 지니, 에페르네, 루됭, 게마르, 몽페루, 크노슈, 베리에르 등 방방곡곡에서 사람들이 파리로 와 양복장이, 구두장이, 일용직 노동자, 배달꾼, 거지, 매춘부가 되었다. 그들의 성은 마티외, 기욤, 피르맹 등인데 가난한 사람들은 그보다 나은 기댈 언덕이 없기 때문이었다. 어떤 이들은 성과 이름이 비슷하거나 같기도 했다. 피에르 피에르, 장 장. 그런 이름은 빈곤한 처지를 갑절로 부풀린다. 또한 메르시에,[13] 뫼니에,[14] 르소니에,[15] 비느롱[16]처럼 직업이 이름이 되기도 했다.

왜냐하면 무엇보다 먼저 그들은 일을 했고 일을 하려고, 뼈 빠지게 일하려고 파리에 왔기 때문이다. 고다예,[17] 키농,[18] 파고트,[19] 부르조노,[20] 트롱숑,[21] 피나르[22]처럼 우스꽝스러운 이름도 있는데 그들은 파리나 기생충만큼이나 하찮은 존재이기 때문이다. 그들은 별명도 있었는데 일명 브랑숑인 파스키에, 일명 뫼슈인 묑슈, 일명 아르망인 외가 있었으나 곧바로 에티엔 랑티에, 장 발장, 그리고 쥘리앵 소렐이라고 불렸다.

*

한 세기 동안 1백 장도 넘는 파리의 지도가 작성되었

13 수예품 상인.
14 방앗간 주인.
15 소금 장수.
16 포도 농사꾼.
17 〈흥청망청 먹고 마시다godailler〉라는 뜻의 프랑스어와 발음이 같다.
18 〈커다란 빵 덩어리quignon〉라는 뜻의 프랑스어와 발음이 같다.
19 〈나뭇단fagot〉이라는 뜻의 프랑스어와 발음이 유사하다.
20 〈여드름이 나다bourgeonner〉라는 뜻의 프랑스어와 발음이 유사하다.
21 〈토막troçon〉이라는 뜻의 프랑스어와 발음이 유사하다.
22 〈싸구려 포도주pinard〉라는 뜻의 프랑스어와 발음이 같다.

다. 도시는 사방팔방으로 전진했다. 형태를 바꿀 때마다 주변이 커져 갔다. 1705년 경찰의 요청으로 지리학자 니콜라 드 페르는 파리의 지도를 펴냈다. 그러나 완성되자마자 와장창, 지도는 너무 협소해졌고 파리는 폭발했다. 장 드 라 카유가 지도 제작에 매달렸다. 그리하여 케이크 조각처럼 작게 분리된 아주 아름다운 판화 스무 장이 탄생했다. 그러나 먼지를 뒤집어쓴 승합 마차 뒤편 저 멀리서부터 항상 거리의 홍차 장수, 모자 장수가 물건을 팔러 쫓아다니는 모습처럼, 도시는 혼자 남을까 숨 막힐 정도로 두렵고 고통스러워서 두 팔을 뻗어 늪지까지 몸을 늘리고 두 다리를 벌렸다.

꽤나 멋쟁이였던 루이 13세마저도 파리의 경계선을 확정하여 도시 몸뚱이를 코르셋으로 조였고 국왕 행정 당국은 담장을 세우고 말뚝을 박아 경계를 표시했다. 루이 대왕도 또 다른 시도를 했으니, 파리를 합리적인 경계선 안에 가둬 두려고 했다. 하지만 그의 계획은 합리적이지 않았다. 도시는 나날이 커져 갔고 섭정 시절, 기존 경계선을 훌쩍 넘어섰다. 자요가 만든 새로운 지도는 완성되자마자 몇 분 후 철 지난 물건이 되었다. 금세 성인이 된 루이 15세가 싸움판에 뛰어들었고, 이미 10년 전에 지도를 완성했으나 너무 하자가 많아 폐기해 버렸던 장 들라그리브 신부가 다시 도전을 받아들였다. 수많은 도면을 작성하고 물컹거리는 구절양장의 현실에 몰두했으며 골목길과 막다른 담으로 이뤄진 미로에서 길을 잃었다가 마침내 되찾았고, 샹젤리제가 지도에 처음 등장한 것도 바로 이때였다. 그런데 이미 너무 늦었다. 도시는 벌써 멀리 떠나 사방으로 사지를 내뻗은 후였다. 그러자 당국은 초강수를 내밀었다. 당국은 이 울퉁불퉁한 도시에 넌더리가 나서 바닥을 고르고 모난 데를 깎았다. 도시는 지리학자의 지도처럼 평평하고 공책의 한 페이지처럼 매끈해야만 했다. 그러자 지도가 늘어나고 서로 겹치게 되어 스코탱의 지도, 카시니의 지도, 그리고 들라그리브의 또 다른 지도, 쇠터의 지도, 보공디의 지도, 드아름의 지도, 자요의 마지막 지도 등이 멈출 수 없는 딸꾹질처럼 쏟아져 나왔다. 그러나 속수무책이었다. 도시는 제멋대로 가출하여 황홀경에 빠지는가 하면 허리를 구부려 속을 게워 내며 등에 난 혹을 보란 듯 내보였다. 높은 언덕에 자리한 벨빌과 몽마르트르는 그때부터 파리에 속하게 되었다.

마침내 유순한 루이 16세가 왕좌에 올랐다. 너그럽고 도량이 넓은 모든 독재자가 그렇듯 앞선 왕보다 더욱 포악했다. 어쨌거나 루이 16세는 자신의 수도를 손아귀에 넣고 싶었다. 태평성대라고 소문난 그의 치하에서 측량 사업이 대대적으로 벌어졌다. 에노와 라피이는 소형 지도 제작에서 기적을 이루었고 뒤이어 거꾸로 선 물음표 모양의 아름다운 센강을 표시한 본의 지도가 완성되었다. 이후 에노와 라피이는 이전 작업을 능가하는 작품을 내놓으려고 재도전했다. 글도 모르는 사람까지 두 팔을 걷고 지도 제작 경쟁에 뛰어들었다. 아기가 커가는 모습을 찍은 사진들을 빠르게 넘기면 마치 성장 과정이 동영상처럼 보이듯 지도들을 하나하나 넘기면 도시가 확연히 성장하는 것처럼 보였다. 아! 이들 지리학자들이 파리의 초상화를 그릴 때 도시가 성장을 마치길 조금만 기다려 주었다면 좋았을 텐데. 그게 아니었다. 그들은 재빨리 도시를 그려 제단에 영정으로 올리고 싶어 했다. 물론 도시는 동의할 리 없었다. 베르사유는 화가 났다. 그들은 도시가 도무지 얌전히 처신하지 않으니 필리프 오귀스트의 낡은 성벽과는 아주 다른 거대한 성벽으로 도시의 허리를 졸라매고자 했다. 성문도 만들고 통행세 징수대도 만들 터였다. 경작세 징수관들은 도시 진입세를 거둘 테고 인질로 잡힌 파리는 배 속에 들어간 지역을 토해 낼 것이었다. 사실상 파리는 갇혀 버렸다. 벽돌과 석재로 된 거대한 담장으로 둘러싸였다. 3천 헥타르가 넘는 지역이 폐쇄된 것이다. 공사는 전광석화처럼 진행되었다. 1786년 남부 지역 공사가 마무리되었다. 1788년 르두는 빌레트의 원형 정자를 완성하고 그 찬란한 빛 우물에 비친 하늘의 그림자를 보았다. 파리 시민들은 볼멘소리를 높였다.

그런데 장벽이 완공되고 미처 잔치도 벌이기 전, 7월 12일과 13일 사이의 밤에 파리 시민들은 장벽에 불을 질렀고 이 거대한 조개껍질에 무수한 구멍을 뚫었다. 징세관의 불쌍한 벽이여, 파리의 지도보다도 오래 버티지 못하다니. 토지측량학도 축성술도 이 거대한 인간의 덩어리를 틀어막지 못했다. 게다가 파리는 거대한 공사판이라 행인들은 공사용 사다리와 모래 더미, 돌 더미 사이를 이리저리 피해 다녀야 했다. 거리는 연장하고 낡은 집은

허물면서 도시는 탐욕스럽고 음탕하게 사지를 벌리는 짓

을 잠시도 멈추지 않았다.

군중

모르는 것을 글로 옮겨야만 한다. 사실 7월 14일 그날 무슨 일이 벌어졌는지 모른다. 우리가 아는 이야기들은 허술하거나 구멍이 숭숭 뚫려 있다. 사태를 직면하려면 이름 없는 군중의 시각으로 봐야 한다. 그리고 글로 옮겨지지 않은 것을 이야기해야만 한다. 선술집, 떠돌이, 세상 밑바닥, 물건을 지칭하는 사투리, 구겨진 돈, 빵 부스러기까지 낱낱이 따져 봐야 한다. 바닥이 문득 입을 연다. 입이 없고 말을 잃은 숫자로 치환된 무수한 군중이 보인다. 그들은 바스티유, 바로 그곳에 있고 주변의 모든 거리에서 점차 늘어나고 있다. 총이 없는 사람은 몽둥이, 끝에 사나운 기운을 풍기는 쇳조각이 달린 몽둥이, 도끼,

병따개 등 무엇이건 잡히는 대로 손에 들었다! 아르스날에서 생탕투안까지 강둑과 거리는 사람들로 새까맸다. 거지, 구두닦이, 마차꾼, 일용할 양식을 구하러 파리로 온 모든 시골 사람이 거기에 있었다. 학생들이 울타리의 널판지와 의자 다리, 손수레의 손잡이를 떼어 냈다. 뛰고 소리쳤다. 하늘 아래에서 무거운 구름이 흐려지고 있었다. 누군가 성문에 오줌을 누었다.

군중이란 무엇인가? 누구도 그것을 언급하고 싶어 하지 않는다. 나중에 작성된 블랙리스트를 통해 그런 점이 벌써부터 확인된다. 그날 바스티유에는 코트도르 출신의 아당, 생프롱드페리그 출신의 가축 매매인 오마십, 구두 수선공 베샹, 연초 노동자 베르생, 쥐라 지방에서 올라온 일용 노동자 베르틀리에즈, 신원 미상의 베주, 이집트와 똥의 혼합 같은 아름다운 이름 외에는 아무것도 알려진 바가 없는 마메스 블랑쇼 등이 있었다. 수레공 뵈레르, 무두질 노동자 부앵, 그리고 아무 정보도 없는 브랑숑, 목수 브라보, 술통 제작공 뷔송, 양탄자 장인 카사르, 담배 가게 주인 들라트르 , 대장장이 드프뤼, 석공 드메, 카페 주인 들로르, 편자공 데플라, 물장수 드보셸, 열쇠공 드롤랭, 구두 수선공 뒤포, 농사꾼 뒤물랭, 빵집 주인 뒤레, 신원 미상의 에스티엔, 장식끈 제조공 에브라르, 모직공 펠뤼, 회사원 제나르, 음악 교수 지라르, 도금공 그랑샹, 기와공 그르노, 그리고 그로필레, 그리고 게랭, 그리고 기공. 아! 브뤼헐 그림 속에 등장하는 동물 무리 같은, 하잘것없는 사람들이었다.

　그리고 또 있다. 포장용 나무 상자 제작공 권도르, 과일상 아메, 수위 아바르, 신원 미상의 에리크, 날품팔이꾼 월랭, 마른 지방 출신의 자코브, 도로 보수 인부 자리, 신원 미상의 자키에, 소방수 자보, 목수 조제프! 이름들도 이상하다. 그들이 손에 잡히는 듯하다. 이름이나 날짜, 직업, 단순한 출생지만 남았더라도 그들이 누구인지 짐작할 수 있고 손에 만져지는 것 같다. 얼굴이 보이고 걸음걸이, 윤곽도 얼핏 보인다. 세월의 이빨 사이에서 그들 음성이 들리는 것 같기도 하다. 주물공 주토, 카페 종업원 쥘리앵, 양초 제조공 클뤼그, 프로이센 사람 카베르, 벨기에 사람 코프, 기계공 라무루, 항만 노동자 라미, 날품팔이꾼 랑볼레, 구두 수선공 랑, 석공 라벤, 양철공

르콩트, 파리 발자국만 한 흔적조차 남기지 않았던 르코크의 음성까지. 작업복 차림으로 창과 도끼와 단도를 든 수천 명의 사람이 있었다. 안 스크레라는 기막힌 이름의 어머니를 둔 폐녜란 사람도 있었다. 앵발리드에서 결국 맹인이 된 리샤르. 한 시간 후에 죽게 될 사고라는 남자. 저 멀리에서 동료들과 잡담하는 쥘리앵 빌리옹. 공사장 인부 풀랭도 있었고 날품팔이꾼 바셰트, 조나스 단노네, 저지대 라인 출신의 자코브, 그리고 브와시라리비에르 출신의 스크레탱, 그리고 레종, 시므티에르, 그리고 콩시앙스, 수댕, 그리고 리비에르와 리바주.

물론 이름 하나, 까짓것 별거 아니다. 직업, 날짜, 장소, 비천한 호적, 신분. 이런 것들이 진실의 단어이다. 수위 르그랑, 상선 선장 르그로, 추시계 설치공 르그리우, 육체 노동자 레슬랭, 못 제조공 마송, 염색공 메르시에, 재단사 미니에, 생사 노동자 소니에, 원목 제재공 테리에르, 열쇠공 미크, 백수건달 미클레, 또 다른 백수건달 모로 형제, 제화용 끈 제조공 모티롱, 도금공 나비제, 내세울 것 없는 뉘스와 오블리스크, 이들은 모두 그날 태양을 보았고, 일하고, 먹고, 마시고, 파리를 이리저리 행진했으니, 바로 그날 바스티유에 있었던 그들은 피와 살이 있는 사람들이었다. 그렇다, 거기에 있던 제화공 피농, 의사 폴, 그리고 팽송, 포트롱, 피텔, 이들은 모두 사흘째 면도도 못 하고 녹슨 쇠창살 속에 영혼이 갇힌 몰골로 횡설수설 떠들어 가며 석벽의 발치, 바로 거기에 있었다.

그렇다, 저 아래, 아르스날 공원 나무와 포부르의 골목길 사이에 싸구려 포도주 장사꾼 플레시에와 라플레, 아마도 목청껏 소리를 질렀을 법한 그들이 있었고, 쥐라 출신의 피오, 어딘지 모를 곳 출신의 롤로, 출신지 미상의 라베, 거주지 미상의 캉탱, 그런 사람들이 있었음을 나는 안다! 키농, 르바르, 로베르, 로제, 리샤르란 사람도 있었다. 세상 사람들의 온갖 취향 중 하나에는 들어맞을 법한 행색의 사람들, 인명사전 한 권이 통째로 거기에 있었다. 엘l 자가 하나인 롤랑, 둘인 롤랑도 있었고, 로즈뢰르, 로티발이란 이름도 있었다. 아! 사람의 이름은 감동을 불러일으킨다. 바스티유의 인명사전, 그것은 헤시오도스가 기록한 신들의 명부보다 나으며 우리와 한결 비슷하고 머리를 맑게 해준다. 자, 그러면 계속 해보자, 멈추지 말자, 호명하자, 굶주린 사람들, 머리가 긴 사람들, 코주부,

사팔눈, 미남, 모든 사람의 이름을 불러 보자. 공중목욕
탕 주인이라는 멋진 직업을 가졌으며 우연의 일치로 생
엘루아에 살았던 생엘루아도 잠깐 떠올리고, 헌병이었던
사뵈즈, 얼간이 사사르, 농투성이 스크리보, 사무원 세르
방, 채소 장수 세뤼지에, 그리고 하나는 뤼드르 출신, 다
른 하나는 바욘 출신인 두 명의 시모냉, 투르뉘스 출신의
튀로, 분명 홀로 기소르에서 왔지만 23세에 거기 군중 틈
에 끼어 행복해했던 신원 미상의 키다리 아타나즈 테시
에도 기억하자. 바스티유 성채의 해자 앞에 모였던 그들
은 묘하게도 모두 젊었다. 타부뢰는 20세, 티에리는
26세, 또 다른 티에리는 19세이고, 세 번째 티에리는 나
이는 모르지만 이들보다 연상은 아니었을 것이다. 티사
르는 23세, 투브레는 21세, 트라몽은 20세, 트롱숑은
21세, 발랭은 22세였다. 젊음보다 경이로운 것은 없다.
생일, 직업, 아무것도 알 수 없는 이름들, 어쩌면 그래서
더 마음을 울리는 이름들, 예컨대 베르노, 비쇼, 비베르
주와 같은 이름을 지닌 사람들도 있다. 누가 더 있을까?
일명 파르페였던 페르뒤, 일명 생폴이었던 폴, 일명 피카
르였던 바티에, 일명 발루아였던 부이, 일명 밀로르였던

뷜리, 일명 라브리에였던 카데, 일명 비앵에메였던 숄레가 있다. 아버지와 아들, 형제 들이 있다. 기유팽 1세와 기유팽 2세, 티냐르 1세와 티냐르 2세가 그렇다. 부아쟁 1세와 부아쟁 2세도 있고, 두 명의 카케도 있다. 카마유도 두 명이고. 바롱은 넷이나 된다. 베르제와 베르제르[23]도 있다. 구트와 두 명의 구타르도 있다. 프티도 있고 르냉도 있다. 일명 형사 비야르도 있다. 베카숑도 있다. 불로, 부비에도 있다. 카유, 카뇽도 있다. 키트, 파르동도 있다. 소설 속에서 튀어나온 이름인 르나르도 있다. 노래 속 인물인 로뱅도 있다. 막둥이였던 루셀도 있다. 를리에 브르와 를루, 르블랑과 르누아르, 리드와 리델도 있다. 티네와 티나르도 있다. 테튀, 통뒤도 있다. 이들 이름들이 허물어지고 서로 맞부딪치며 마모되었다. 판과 프루, 우아스와 오나스도 있다. 참으로 부드러운 이름인 페슈로슈도 있고, 일명 브랑숑인 파스키에, 르그레에 사는 파르망티에, 리에스에 사는 피에라도 있다.

대부분은 외지인이었다. 그들은 일자리를 찾아 파리로 와서 변두리에 다닥다닥 붙어 살았다. 그들의 고향에

23 베르제의 여성형 이름.

서는 베아른 방언, 바스크 방언, 베리숑 방언, 샹파뉴 방언, 부르고뉴 방언, 피카르디 방언, 푸아투 방언, 심지어 방언에서 파생한 방언인 마레셸, 마콩 방언, 트레고르 등 무수히 많은, 작은 지방의 방언을 사용했다. 이를테면 자리는 생마르스두티유에서 왔고 우아르는 주이에서 왔으며 팔리즈는 아미앵 출신이고 폴레는 시테르, 가른레는 크노슈, 가르종은 뵈브라주 출신이다. 아주 먼 데서 온 이도 있으니 뮈치그 출신의 므델, 루뱅 출신의 카베르스, 오베르도프 출신의 키페르, 피에몽 출신의 미남 칼시나플라시가 그렇다.

아! 사람들은 서로 모르는 사이라는 데서 기인하는 묘한 안도감, 일종의 행복을 느꼈다. 그들은 노래를 부르며 크루아포뱅까지 냅다 굴러 내려왔다. 파고트는 퐁타를리에 출신에다가 아타나즈 가쇼라는 잊지 못할 이름을 가진 사람과 수다를 떨었다. 모두 서로 수다를 떨었다. 파리 출신의 라피는 말브랑 출신의 플로와 이야기했고, 장돌뱅이 네제는 랑드르시에서 온 콜레와 대화했다. 온갖 억양과 사투리와 직종이 뒤섞였다. 사르에서 온 페리, 이수됭에서 온 푀이예, 라베즈에서 온 부생, 알론에서 온

부르니예, 어디에서 온지 모르지만 40년 후 파리에서 콜레라로 죽을 베주, 에마르그에서 왔다가 고향에 돌아가 빈곤 속에서 죽은 바스티드, 보크와 부아송, 그리고 각기 베나레와 동피에르에서 온 두 명의 보케. 도시 하나가 이토록 많은 삶을 품에 안는다는 것이 이상하다. 세월이 지나도 수백 명의 남자가 남긴 흔적이 전해지는 반면, 여자의 경우 마리 쇼키에, 카트린 포슈타, 마리 샤르팡티에, 폴린 레옹과 같은 몇몇 이름만 남아 있다. 인간의 강물은 여기에서 멈춘다. 강줄기는 모래밭으로 스며든다. 우리의 기억에서 여자들은 이토록 푸대접을 받았고 그들의 성은 사라졌으며 주소, 생일, 출생지는 흔적조차 없다. 테레즈이거나 마리테레즈, 루이즈이거나 마리루이즈, 카트린이거나 마리카트린, 잔이거나 마리잔, 안 혹은 마리안일 뿐이다. 7월 14일 군중 속에는 수천 명의 마리, 수만 명의 잔뿐만 아니라 주느비에브, 엘리자베트, 마들렌, 프랑수아즈, 가브리엘, 쥘리엔, 마르그리트도 있었다. 그렇다. 그들 모두가 거기에 있었고 보크, 두 명의 보케, 베나레, 동피에르와 팔짱을 끼었고 믈로와 사과를 나눠 먹었고 바로와는 농담도 했으며 라베즈와 부르니예와는 미소도 나눴다. 그들은 남편의 성으로 불렸다. 가르니에 부인, 로리옹 부인, 제르보 부인, 랑베르 부인, 블랑셰 부인, 빨래하는 쥐토 부인, 카바레에서 술을 홀짝거리는 코탱 부인, 걸레를 짜는 보드라 부인, 촛불을 끄는 캥케 부인, 아들의 밑을 닦아 주는 티튀스 부인, 계산대 뒤의 나베 부인, 세탁장의 바생 부인, 그리고 직업이 있는 여자들도 있었다. 양재사, 노동자, 청소부, 의자 대여 업자, 거리의 모자 장수, 생선 장수, 지팡이 장수, 과일 장수, 장식 핀 장수, 양초 장수, 닭 벼슬 장수, 만물상 점원 등 수많은 여자가 거리에 물밀듯 몰려나왔다.

그리고 망각의 강에 잠긴 또 다른 이름들이 얼마나 많을까? 누구도 알 수 없다. 누구도 그들을 모른다. 하지만 그들이 없었다면 군중도, 대중도, 그리고 바스티유 탈환도 없었을 것이다. 증언들이 모인, 가늘어지는 숲 가장자리를 지나 군중 쪽으로 향하고 민중에 가까워질수록 위대한 증인들은 사라진다. 하지만 바로 그 민중 속으로 들어가야만 한다. 그래서 문맹이지만 자잘한 기억을 구술하여 받아쓰게 한 주류 판매상 숄라에서 시작하여, 주물 공 앙투안과 마리루이즈의 아들로서 1789년 라프 거리에 살았던 22세의 클로드까지 가봐야만 하고, 이 정도만 해도 적지 않은 이야깃거리가 나올 테고, 다시 조금 더 파고들면 글로 이루어진 무거운 침묵의 바닥을 뚫고 나가 프랑스와 나바르 지방의 모든 술집과 공장에서 그토록 환호했던 이름, 그토록 빈약한 두 음절의 이름 로제밖에 남은 것이 없는 사람에게 도달하게 되고, 그다음부터는 흔적 남기기를 포기하고, 편지 자료도 밀쳐 내고 공식 자료도 외면하고 허공에 매달리다가, 결국 그 안에 담긴 누구도 이름이 없는 커다란 파기 서류 상자에 이르게 된다.

민중의 대표

구름들이 하늘을 후려친다. 거리에서 바람이 쉰 소리를 내고 지붕 밑에서 회오리 치다가 거대한 먼지 더미를 일으킨다. 사람들은 눈을 깜박거리며 소맷자락을 얼굴에 대고 숨을 들이쉰다. 거대한 흥분이 도시를 사로잡았고 사람들은 파리를 포위한 왕의 부대를 두려워하며 3백 명의 사상자를 낳은 레베용 사건을 떠올렸다. 더 이상 손 놓고 있지 않을 작정이었다. 어떤 이들은 랑베스크 공이 파리 시청을 덮칠 것이라고 했다. 방어하려면 무기와 화약이 필요했다. 노동자, 장인, 남녀노소가 끊임없이 생탕투안 문을 넘어서고 있었다. 다들 아방세 길을 통해 스며들듯 요령껏 파리로 들어왔다. 보크와 두 명의 보케는 작은 사다리를 만들었다. 그들 뒤에서 한 여자가 무엇이 **보이냐고** 물었다. 투아네트는 베주에게 키스했다. 마들렌은 믈로의 머리카락을 풀어 줬다. 돌연 그들은 옆으로 비켜섰고 시청의 대표단이 군중 한가운데로 나섰다. 군인들은 구경꾼들을 뒤로 밀쳤다. 화승총 기마대 장교 자크 블롱, 근위대 중사 샤르통, 부사관 빌퐁, 이렇게 세 사람이 인파를 헤치고 어렵사리 첫 번째 도개교에 다다르려고 애썼다. 의자 대여로 먹고사는 여자가 그들을 흉내 내며 구경꾼들을 웃겼다. 주변에 무수한 인파가 몰렸고 그들은 길을 헤쳐 나가느라 애를 먹었다. 인파는 그들을 조금 조롱하며 웃었고 그들은 사람들을 점잖게 밀쳤다. 바스티유 소장은 그들 뒤를 따르는 엄청난 군중을 보고는, 그들 세 사람만 들여보내 줄 수 있으며 대신 네 명의 하급 사관을 인질로 내보내겠다고 알렸다. 마침내 소규모 대표단이 안으로 들어갔다.

대표단은 드 로네에게 도시를 위협하는 대포를 치워 달라고 요청했다. 베르나르르네 주르당 드 로네라는 사람은 경험이 일천하며 방어 태세가 시원찮을 뿐 아니라 우유부단하다는 소문이 떠돈 바 있었다. 그러나 폭동 전날 드 로네는 방어 태세를 꼼꼼하게 점검하고 강화했다. 바스티유 전직 소장의 아들로서 바로 그 담장 안에서 태어났으니 누구보다도 성채를 잘 알았다. 딸은 쥐밀락 남작과 혼인했는데, 남작의 아버지도 성채의 소장이었으니 드 로네는 바스티유와 이중의 인연이 있었다. 9세까지 성채에 살면서 탑 위를 뛰어다니고 지하실을 뒤지고 총안의 대포에 올라타고 줄광대 흉내를 냈다. 어린 시절을 그곳에서 보낸 것이다. 1789년 7월 14일 당시 드 로네는 성채 안에서 스물두 해를 보낸 셈이었다. 따라서 풋내기가 아니었다.

포안에서 대포가 철거되었다. 소장은 대표단을 식사에 초대했다. 그러나 군중의 소요는 가라앉지 않았다. 그들은 지붕이나 가로등 꼭대기에 올라갔고 바스티유에 들어간 세 명의 대표에 대해 의문을 제기하기 시작했다. 사람들은 떠들고 토론하고 자기주장을 내세웠다. 여자들은 적포도주를 나눠 주었다. 그들 중 한 사람의 이름이 남아 있다. 마리 쇼키에다. 당시 나이 23세로 어머니가 라발에서 포도주 장사를 했다는 것 말고는 알려진 바가 없다.

군중은 시시각각 늘어 갔고 점점 조밀해졌다. 앵발리드의 무기고를 턴 폭도들이 총을 들고 와서 화약을 요구했다. 두 번째 대표단이 힘겹게 군중 사이로 길을 내며 나아갔다. 그날 구성되었던 네 개의 대표단 중 가장 유명한 대표단이었다. 그중 우두머리는 부를리에와 툴루즈라는 두 병사를 대동한 튀리오 드 라 로지에르이다. 도개교에서 튀리오는 두 명의 경호원을 남겨 두었다. 상이군인 하나가 그를 소장에게 안내했다. 블롱은 아직 거기 있었고 막 식사를 끝내고 청량음료를 마신 참이었다. 튀리오와 그는 우정 어린 인사를 나눴고 블롱은 바스티유를 떠났다. 그런데 군중은 대표단들이 너무 시간을 끈다고 여겼다. 그들은 튀리오에게 몰려가 무슨 이야기가 오갔는지, 그가 무엇을 요구했고, 무엇을 얻었는지를 캐물었으나 그는 군중이 많았던지라 조금 당황했고 아리송하게 대답했다. 리보쿠르란 사람이 용감하게 나서서 그의 역성을 들고 군중 틈에서 데리고 나갔다. 이렇게 해서 우스꽝스러운 발레를 춘 것 같은 두 대표자는 스치듯 만나고 헤어졌다. 시청 쪽 사람들은 흥분을 가라앉히기 위해 대포를 철수시키길 원했다. 그러니 화약을 공급하는 것은 언어도단이었다. 군중과 대표단을 급조한 측은 단숨에 골이 깊어졌다. 프랑스 혁명의 전모가 이미 거기에서 드러났다. 평원파냐, 산악파냐. 제헌파냐, 국민 의회파냐. 우유부단이냐, 민중의 의지냐. 그때는 오전 11시 반이었다.

튀리오 대표단은 생루이드라퀼튀르 지역에서 왔다. 그들은 부르주아 수비대를 현장에 투입하고 싶었다. 군중을 안심시키기 위해 대포는 이미 철수했고 장전도 되지 않았었다는 것을 분명히 해두려 했다. 그들은 탑 위로 올라가게 해달라고 요구했다. 이 일화는 미슐레가 남긴 저작의 백미였다. 작가가 **눈물의 힘**을 기막히게 발휘한, 혼란스럽고 감동적인 대목이었다. 그는 〈두려움도 없고, 자비도 없으며, 어떤 장애물도 무시하는〉 협상가라는 위대한 역할을 발명한 역사가이다. 이 위대한 역사가에 따르면 튀리오는 〈분노한 혁명의 정령〉을 체현한 인물이다. 자, 이 모든 묘사가 독자를 사로잡았고, 이 대목이 훌륭하며, 심지어 너무 훌륭한 나머지 미슐레가 혼자의 힘으로 혁명적 충동에 관련된 어떤 감각적이고 인간적인 개념을 잘 요약했다고 볼 수 있다고 치자. 그리고 튀리오 드 라 로지에르의 대표단을 그날의 가장 화려한 순간, 혹은 본인의 문학적 구성에서 가장 상징적인 일화를 빚어 낸 주역들, 7월 14일의 백미로 만드는 데 성공했으며, 비록 그들이 거둔 성과가 미미할지라도 우리를 영광의 언어로 감싸 도취하게 만들고, 이를 단테 문학의 한 장면, 도저히 불가능할 것 같은 용기를 발휘한 장면으로 그릴 정도로 사건을 과장하고 부풀렸다고도 생각해 보자. 마치 예수를 성전 꼭대기까지 끌어올렸던 악마처럼 기막힌 술수를 부려서 미슐레는 대표단을 세상 꼭대기에 이르도록 치켜세웠던 것이다. 문장력의 위대한 마력을 이용해 생탕투안 거리에서부터 전진했던 거대한 인파, 그날의 민중과 대표단을 분리한 다음 후자를 역사의 진정한 주역으로 만들었던 것이다.

그러나 두 시간이 지나 튀리오 드 라 로지에르가 바스티유를 나서는 순간, 그가 처한 상황은 이 모든 찬사와 거리가 멀었다. 튀리오는 군중의 야유를 받으며 멱살을 잡혔고 도끼로 무장한 사람들이 그를 둘러쌌다. 사람들이 그를 향해 비난을 쏟아 냈다. 튀리오를 호위하던 두 명의 소총수 부를리에와 툴루즈는 인파 속에서 그를 놓쳤다. 그는 한순간에 오로지 홀로, 혼자 남게 되었다. 사람들이 그를 밀치고, 이름을 부르고, 비난을 퍼부었다. 머리가 돌 지경이었을 것이다. 당시 그는 33세였다. 삼부회의 제3신분 위원의 선출권자이자 훌륭한 연설가였으며 연단과 살롱의 유명 인사였으나 그날 바스티유에서 공방 장인들, 나무 포장공들, 재단사들, 주물공들 한가운데에서는 연단에 섰을 때와 달리 편안하지 못했다. 우리는 이해할 수 있다. 그는 이 소시민들 사이에서 신사의 풍모를 지니고 있었다. 거기는 로베스피에르의 몰락 이후 그가 산악파와 테르미도르파 사이를 중재한 의회가 아니었고 바닥 청소부와 항구 노동자의 손아귀에서 그를 구해 줄 방법도 없었다. 말하자면 복도에서의 뒷거래를 써먹을 수가 없었다. 1791년 당통의 측근으로 제헌 의회 의원이자 열혈 자코뱅 당원이 되었고, 이후 국민 의회 의원으로 선출되어 산악파 의석에 앉아 루이 16세의 사형을 두고 투표하며 공안 위원회에 진입했다가 가을에 공포 정치를 비난하며 온건파 운동에 합류하고 돌연 몸을 낮추더니 슬그머니 수레를 타고 빠져나갔던 자크 튀리오

드 라 로지에르는 결국 정계를 떠나게 된다. 그리고 7월 14일 이후, 아주 긴 시간이 흐른 후 법조계에서 승승장구할 것이다. 믿을 수 없을 정도로 승승장구하여 대법원 총괄 변호인이 되었고 1813년 5월 15일 나폴레옹에 의해 제국 기사 지위에 오른다. 사실상 조금 악평을 하자면 인간은 가끔 흥분한 나머지 나쁜 결정을 내리는데 여기에 미래상이 힐끗 보이기 때문에 그날, 1789년 7월 14일에 훗날 출세의 정점에서 그러했듯 튀리오가 검푸른색 기사 문장을 이미 지니고 있지 않았을까 자문하게 된다. 이 문장의 중앙에는 살이 열두 개인 금빛 별이 하나 자리 잡고 있고, 오른편에는 듬직한 병사 부를리에 대신 부릅뜬 눈이, 왼편에는 충실한 병사 툴루즈 대신 모래 저울이 있다.

다시 군중에게 시달리는 튀리오의 이야기로 돌아가자. 그는 현기증을 느꼈을 테고 철책을 굳게 닫아 버렸기에 출구를 찾지 못하며 몸싸움을 하고 있었다. 육중한 자태로 탑에 올라가 총안을 통해 아래에서 자신을 추앙하며 환호하는 군중을 내려다본다는 식으로 묘사한 미슐레의 유려한 미문과는 천리만리 동떨어진 모습이다. 찢어진 연미복 차림으로 튀리오는 두 팔로 얼굴을 감싼 채 게걸음으로 걸어갔고 누가 그를 잡아당겨 상의의 단추가 떨어져 나갔으며 셔츠가 찢어졌다. 그의 옆모습을 감상할 수 있는 메달을 보면 머리카락이 멋지게 구불거리고 관자놀이 뒤로 넘어가 있지만 당시에는 머리카락이 풀어지고 덜 단정했을 것이다. 바람에 날린 듯 헝클어지고 아마 쭈뼛쭈뼛 곤두섰을 것이다. 뒤따르는 의원들처럼 튀리오는 귀도 어두워져 아무 말도 알아듣지 못했고 **군중이 원하는 것**을 알아채지 못했으며, 그들의 비명도 듣지 못했을 것이다. 왜냐하면 이미 자신만의 생각, 이해관계, 의견에 사로잡혀 있었기 때문이다. 그는 다중도 뭔가를 알고, 원할 수 있을 뿐 아니라 심지어 옳은 생각을 할 수 있고, 결국 주권자이며, 주권자는 저기 왁자지껄 수다 떠는 여자들, 악을 쓰는 멍청이들, 자신을 붙잡고 제 몫을 달라고 주장하는 사람들이란 것을 상상하지 못했다.

한순간, 튀리오는 아기들이 칭얼거리는 소리, 개들이 짖어 대는 소리, 포석 위에서 부딪치는 수레바퀴 소리를 들었을 것이다. 튀리오는 꿈속에 파묻혀 있었다. 거기에 있지 않았다. 이미 리에주로 유배된 늙은이였다. 그는 허공 속에서 자기와 싸우고 있었다. 눈앞을 가리는 성운(星雲), 두개골 속의 굉음, 귓속의 이명과 싸우고 있었다. 과거에 파묻혀 가죽 공방의 망치 소리에 귀가 먹먹해진 채로 고향 세잔의 성당 작업장 앞에서 신들린 듯 예언을 했다. 작업장 부속 상점들은 돌을 갉아 먹는 기생충처럼 성당 건물 허리춤에 움푹 들어가 있었다. 사람들에게 조금 얻어맞아 셔츠와 연미복이 걸레가 되고 침으로 범벅이 되고 더러운 손에 지저분해졌으며, 씹는담배 섞인 침에 얼굴이 얼룩진 로지에르 지방의 귀족 출신 튀리오는, 7월 14일 첨탑 아래에 있었던 주물공 피숑이라는 자, 혹은 이름과 별명만 알려진 일명 파르페, 본명 페르뒤란 자의 거친 입김에 질식할 것만 같았고 한때 군인이었다가 1802년 프리바로 귀향하여 양재사란 멋진 직업을 얻었으나 훗날 생계가 위태로워져 우체부가 되었던 기공이란 자의 주먹 세례에 헐떡거렸다. 이 광경은 히에로니무스 보스가 제작한 목판화 한 점이라고 할 수도 있지만 그보다 더 신비롭고 어쩌면 더 위대한 다른 화가의 작품일 수도 있다. 왜냐하면 십자가를 짊어진 예수상은 보스의 틀에 박힌 해학, 그로테스크한 미학을 넘어서는 것으로서 거기에는 이상한 두꺼비들이 우글거리고, 누군가 항문으로 피리를 부는데 엉덩이에 악보가 그려져 있기 때문이다. 그렇다. 군중에 파묻힌 튀리오를 상상하려면 우글거리는 얼굴들이 서로 샌드위치처럼 맞붙은 모습을 봐야 하며, 면전에 대고 낄낄거리는, 이가 빠지고 눈알이 튀어나왔으며 탈모가 시작되어 이마가 번들거리는 얼굴, 떡 벌어진 검은 구멍 같은 입, 썩은 이, 가슴팍과 머리통이 다닥다닥 붙은 모습, 머리통 너머로 또 다른 머리통이 보이는 광경을 보아야만 하고, 그러면 우아한 튀리오 드 라 로지에르와 비천한 군중의 단순한 대비 너머로 튀리오가 느꼈을 법한 감정, 튀리오가 보았을 법한 환상, 튀리오가 저주했을 법한 무엇을 더욱 잘 이해할 수 있을 것이다.

그러나 가끔은 조난자가 구조되기도 하는 법이다. 그를 알아본 부를리에와 툴루즈가 용감하게 뛰어들었다. 그리고 또 다른 병사, 다른 지역에서 파견 나온 오뱅 본메르가 사람들에게 붙잡혀 있던 튀리오를 끄집어내어 그에게 욕설을 퍼붓는 마리 쇼키에의 손아귀에서 떼어 낸 다음, 아직 남은 셔츠 자락을 쥐고 있던 아타나즈 가쇼의 품 안에서 구해 냈고, 그의 얼굴을 동네북처럼 때리고 있던 투브냉과 사고의 손아귀에서 구출했다. 그래서 튀리오는 그다지 큰 부상 없이 약간 혼란스러운 상태에서 떠날 수 있었다. 하지만 군중의 행렬을 완전히 떨쳐 버릴 수는 없었고, 그를 풀어 주기 전에 그에게 무슨 할 말이 있는지 듣고 싶고 성채 안에서 무슨 말들이 오갔는지 궁금한 사람들이 적대적이고 위협적인 표정으로 길목을 둘러싸고 있었다.

생루이드라퀼퇴르에서 수행한 임무를 설명하니 군중은 조금 화는 냈지만 순순히 풀어 주어 튀리오는 시청으로 갈 수 있었고 거기서도 탈진한 채로 이제는 공염불이 되어 버린 임무에 대한 이야기를 되풀이했다. 그 순간부터 튀리오는 사라져 7월 14일의 역사에서 증발하니, 그야말로 튀리오 **퇴장**인 셈이다. 그는 자기 역할을 다했고 군 병력은 아직 도착하지도 않았다. 잠깐 휴식을 취한 튀리오는 다시 생루이드라퀼퇴르로 물러나 영내의 흥분을 가라앉히며 위기를 면할 방도를 찾으려 애쓸 것이다. 그러나 튀리오가 미처 떠나기 전, 그러니까 무대에서 퇴장하기 직전, 분위기를 가라앉히기 위해 **군중을 향해 발포할 의도가 전혀 없다**고 선언하면 어떨지를 두고 시청에서 시

장이 주재하는 회의가 열리려는 참에 갑자기 대포 소리
가 울려 퍼졌다.

아르스날

포탄이 어디에 떨어졌는지는 모른다. 이 대목부터 모든 것이 더욱 혼미해진다. 당시 증언들은 부정확하고 누락된 대목이 많다. 부상자들이 있었다. 그러나 누구? 아마도 폭동의 와중에 다친 드조넬, 혹은 자크 그레프일 수도 있지만 하나는 어떻게 다쳤는지 모르고 다른 하나는 포탄에 다리를 맞아 억센 바욘 억양으로 비명을 질렀을 것이다. 군중은 후퇴했고 심지어 몸을 웅크리고 인근 거리로 몰려가 지붕 위 굴뚝 뒤로 숨거나 선술집 문 뒤로 피했다. 나무 뒤에 숨으려고 몸을 홀쭉하게 만들어야 했고, 바닥에 눕고 기거나 뛰기도 했다. 그렇다. 달려서 도망쳐야만 했지만 또 한편 똑바로 선 채 대항해야 했다.

사람이 많으니 과감하고 강심장인 이도 있게 마련이다. 각양각색의 사람이 있었을 것이다. 아이들은 수레 밑을 파고들었고, 여인네들은 현관 앞에 서 있었다. 그리고 시간이 지나 놀란 가슴이 가라앉자 사람들은 다시 모여들기 시작했을 것이다.

누아예 거리의 작은 주류상인 숄라는 그레브를 뒤로하고 강변에 내렸다. 이 사람은 하늘을 바라보며 물새들과 더불어 소리치고 악을 썼으며, 술집 카운터 뒤에서 귀동냥한 장자크 루소의 곰팡내 나는 말의 조각들에서 인용한 표현을 마치 저주를 곁들인 신탁의 말인 양 앵무새처럼 되풀이했을 것이다. 그때까지는 술을 따르거나 술값을 흥정하고 사과주를 조금씩 파는 일이 그런대로 적성에 맞았지만, 이제는 다른 것을 꿈꾸었고 삶이 달라질 수 있을 뿐만 아니라 나아질 수 있다고 생각했다. 술집 주인다운 표현에 따르자면 젠장, 우린 너나 나나 똑같은데, 누군 평생 술병을 따고, 누군 이 술을 마신다는 게 공평하지 않지, 하고 생각했다. 그뿐만 아니라 다른 생각들, 반쪽짜리 생각들도 품었을 테고 그런 조각들이 모여 이 주류상이 내뱉는 말의 밑천이 되었을 것이다. 숄라는 그때까지 줄곧 술 상자를 옮기고 병을 헹구었다. 어릴 적부터 라방디에 거리의 지하 술 창고에서 일했고 아버지에게 술병을 날라다 주었다. 나무 상자 바닥에 짚을 깔았고 아침저녁으로 청소를 하고 술잔을 닦고 가게 앞 물고랑 바닥에서 진흙을 퍼냈다. 손님들 술값을 계산하고 잔돈을 거슬러 주는 일 외에는 아무것도 배우지 못했다. 할 줄 아는 일이라곤 그게 전부였다. 그러나 지하 창고를 오르내리면서 틈틈이 자신만의 생각, 세상에 대한 개념을 만들어 갔다. 물론 그의 이데올로기는 소박하고 순진할 수도 있고 술집에서 귀동냥한 『사회 계약론』의 부스러기, 소규모 자영업자이자 노동자의 모순된 체험이 뒤죽박죽된 것일 수 있다.

그런데 오늘은 이 흐리멍덩한 생각에서 비롯한 충동 덕분에 숄라는 몇몇 친구와 더불어 발길에 거슬리는 나뭇가지들을 짓밟으며 서로 용기를 북돋으려고 제대로 소화하지도 못한 백과사전과 『사전』의 한 대목을 떠벌리며 센강 변에서 무거운 주철 덩어리를 끌어올리고 있었다. 그중 몇 명은 허구한 날 그가 카운터 뒤에서 목청을 높이며 허풍을 늘어놓고 주절주절 장광설을 퍼부었던 예전 고객들이었을 것이다. 그러나 지금은 더 이상 술잔을 사이에 놓고 수다를 떠는 것이 아니라 **실제로** 성채를 향해 대포를 굴리며 가는 중이다. 강변을 따라가다가 숄라는 플라타너스나무 아래에서 빈둥거리는 몇몇 방관자를 대열에 끌어들였다. 그들은 순순히 작은 대열에 합류했다. 이제 이들 모두는 바스티유를 향해 행진했다. 그들의 이름은 르노블, 기요, 페랑, 란느롱 혹은 라베르뒤르였으며 이외에도 탈영병, 무전취식자, 건달 1백여 명이 있었다. 트루아피스톨레 거리에 도착하고 악마가 혀를 빼문 귀면 상으로 장식된 문을 통과하자 그들 중 일부는 대포를 생 탕투안 거리까지 끌고 가자고 고집을 부렸다. 숄라가 끌고 온 대포 중 하나는 온통 은으로 만들어 아름다웠는데, 시암 왕국에서 선물한 대포로서 왕실 가구 창고에서 가져온 것이었다.

숄라는 아르스날에 들르자고 제안했다. 거기에서 남은 탄약을 찾을 수도 있으니 들러 볼 만하다고 했다. 그는 곧바로 프티뮈스크[24] 거리로 뛰어갔다. 훈훈하고 감

24 작은 사향이라는 뜻.

싸는 듯한 향이 나는 이름의 거리였다. 사실은 쓸쓸한 다른 사연이 깃들어 있다. 이 거리는 과거에 매춘부들이 암내를 풍기며·어슬렁거린다는 뜻에서 퓌트이뮈즈[25]라고 불렸다. 명칭들이 흔히 그렇듯 퓌트이뮈즈에서 에스s 자가 두 개 붙은 프티뮈스로 변했다가, 이어 시c 자가 붙은 프티뮈스, 그리고 아주 앙증맞은 프티뮈스크가 된 것이다. 이 거리는 1358년에도 이미 존재했다. 어떤 전통은 지속되기도 한다. 매춘부들은 몇몇 골목에 남아 있었다. 블레드 항구에서 가장 비천한 여자들이 호객 행위를 했다. 센강에서 그들 시체가 정기적으로 발견되기도 했다. 7월 14일에도 여자들은 창가에서 호객 행위를 했을 것이다. 이런 일은 커튼 뒤에서 속삭이며 이뤄진다. 아이들은 돌차기 놀이를 했다. 파리들이 행인들을 괴롭혔다. 퇴락한 사람들의 모습이 기둥 아래로 지나갔는데 단조롭고 슬픈 광경이었다. 80킬로그램의 살덩이를 달고 사는 숄라는 남자들을 끌고 숨을 헐떡거리며 종종걸음을 했다. 물웅덩이를 피해 걸어갔다. 세이렌 같은 여자들이 창가

25 〈퓌트pute〉는 매춘부, 〈뮈즈muse〉(원형은 muser이다)는 암내를 풍기며 빈둥거리는 행동을 가리킨다.

와 문 앞에서 그를 불렀고 무슨 일이 벌어지는지 알고 싶
어 했다. 그는 전투를 하는 중이며 서둘러 화약을 구하러
아르스날에 간다고 대답했다. 땀방울이 눈으로 흘러 들
어갔다. 짭짤한 눈물의 장막 너머로 루비에섬에서 피어
오르는 작은 연기를 보았다. 작은 배들 사이로 수노새 한
마리가 어슬렁거리고 있었다. 숄라는 구름 속에 있는 것
같았고 흠뻑 젖은 셔츠 차림으로 허공을 바라보다가
〈아! 감자처럼 저 하늘의 별도 추수할 수 있다면, 동시에
울고 웃을 수 있다면〉, 이런 생각을 했다.

　숄라가 프티뮈스크 거리를 지나가자마자 소문이 퍼져
나갔다. 블레드 항구에서 매춘부들이 서로 이름을 부르
고 깔깔대며 모르틀르리 거리를 따라 올라갔고 호객꾼들
은 이름이 너무도 평범한 푸아리에 거리를 벗어나 코키
유 거리로 접어들었다. 지금은 아스팔트 아래로 사라진
길르리 사거리와 플랑슈미브레의 매춘부들이 생탕투안
거리에서 열 지어 걸어갔다. 생메리, 포팽쿠르, 생마르셀
의 매춘부들도 마찬가지였다. 결국 파리의 모든 매춘부
가 바스티유로 몰려들었다. 그날 그들은 고객을 불러 모
으지 않았고 마치 역사의 위대한 날에 언제나 그러했다

는 듯이 팔을 걷어붙이고 부상자들을 돌봤다.

마침내 강변길에 이르기 직전에 숄라는 왼쪽으로 돌아 방위대에 돌진했다. 숨을 헐떡거리며 무기고 문을 열어 달라고 요청했다. 그는 잠깐 주저앉아 총을 계단에 내려 놓았고 귓속에서 종소리가 자꾸 댕댕 울려 눈을 감았다. 눈꺼풀이 물먹은 솜처럼 묵직하고 아득했다. 자신이 아주 작아져서 컴컴하고 거대한 우물 테두리에 앉아 있는 것 같았다. 고개를 들었더니 부상병 하나가 담뱃재를 털고 있었다. 사람들이 그에게 몰려와 함께 쇠망치로 첫 번째 문을 부쉈다. 군인들은 그들이 하는 짓을 구경만 했다. 그러자 한 사람이 호들갑을 떨며 나타나 화재 위험이 있으니 안에 들어가지 말라면서 떨리는 손으로 화약을 나눠 주었다. 하지만 충분치 않은 양이었고 나머지 화약은 바스티유에 있었다.

이틀 전, 스위스 용병들이 화약 250통을 운반해 왔더랬다. 지붕이 엉성하게 덮인 마당에서 그들은 화약통을 굴려서 옮겼다. 그리고 다음 날, 병사들이 화약을 다시 지하 창고로 옮겼다. 드 로네는 아마 폭도들이 아르스날을 점령하는 사태를 두려워했을 것이다. 그는 포안을 넓히고 도개교를 수리하여 바스티유 방어력을 강화했다. 이제 불안해하는 군중이 성채를 포위하고 있었다.

　무기고를 털어 화약을 탈취한 사람들은 대포를 스리제 거리로 끌고 갔다. 날씨는 점점 더워졌다. 사람들은 숨을 헐떡거리며 대포를 밀고 끌었다. 대포의 바퀴가 자갈길에 상처를 남겼다. 마침내 아르스날 대로로 진입했고 바스티유는 마치 결투를 앞둔 사람처럼 정면에 버티고 있었다.
　첫 번째 포탄이 발사되었다. 마치 기적 같았다. 아무 일도 벌어지지 않았다. 길바닥의 모래가 눈을 붉게 충혈시켰다. 숄라는 대포를 작동할 줄 몰랐고 화승총조차 쏴본 적 없었고 단지 술을 팔고 손님을 접대하고 잔을 씻고 수다를 떨 줄만 알았다. 다른 사람들도 마찬가지였다. 별명이 지로플레인 바롱이 대포를 조작하다가 포가 바퀴에 깔려 왼쪽 발이 짓이겨지는 바람에 끔찍한 비명을 질렀다. 구두에서 피가 새어 나왔다. 포신을 뒤로 뺐다. 바롱의 각반과 구두를 벗기고 붕대를 감아 주었다. 그는 한쪽은 맨발로, 다른 쪽은 신발을 신은 채로 장전을 계속했다. 카니베라고 불리는 12세 소년이 이따금 포도주와 소시지 조각을 건네고 건너편 생탕투안 거리의 소식도 전해 주었다.

갑자기 포탄이 발사되면서 한 남자가 뒤로 넘어졌다. 그는 나뭇조각으로 화약에 불을 붙이려던 참이었다. 그런데 불붙은 나뭇조각을 손에 쥔 채 포신 위로 넘어졌다. 발사가 너무 일렀고 포가에 부딪힌 그는 의식을 잃고 말았다. 숄라가 남긴 짧은 증언에 따르면 단지 5분, 이 정도 기절했다고 한다. 그런데 단 5분 동안에도 의식은 얼마나 많은 장소를 떠돌 수 있는지 모른다. 의식은 오히려 평소보다 덜 산만했고 담장을 둘러싼 가로수가 마치 성채에 이르는 통로처럼 보였으며 다친 손이 무척 아팠지만 고통을 침묵으로 삭이는 와중에 무엇인가를 보거나 들었던 것이다. 아마 먼지의 작은 소용돌이, 날아가는 참새, 혹은 요새에 게양된 깃발을 보았던 것 같다. 어쩌면 혼미한 상태에서 네 발의 포탄 소리를 들었을지도 모른다. 이후의 행적은 전혀 알 수 없다. 그는 역사에 등장했다가 다시 사라져 버렸다. 그냥 단역이었다.

장 로시뇰은 생탕투안 거리를 오르고 있었다. 이제 모든 상점은 문을 닫았다. 곁에는 조각가 피고, 목수 피에롱, 시계공 포사르, 가구 장인 티리옹, 그리고 가로등 점등원 루소가 있었다. 그들은 오늘날 생폴 성당이 된 예수회 교회 앞쪽을 따라 걷다가 바스티유에서 발사한 총탄에 한 남자가 죽자 정문 계단 위로 뛰어올랐다. 군중은 발레 거리로 흩어졌고 생트카트린 분수 뒤로도 숨었다. 정적. 죽은 아이는 우체부였다. 이름은 알려지지 않았다.

이름이란 경이로운 것이다. 그중에서도 로시뇰은 손꼽히게 경이로운 이름 중 하나이다. 그는 생탕투안 구역의 가난한 집안에서 다섯 가족 중 막내로 태어났다. 10세에 장인 공방에 취직했다. 4년 후 배를 타려고 수도를 떠나 보르도로 갔다. 헛수고였다. 금세공사의 눈에 들었으나 여드레 만에 쫓겨나 여기저기 배회했다.

시간이 흘러 군대에 입대했고 8년 후 군대를 떠나 다시 금세공업에 복귀했다. 1789년 7월 12일 벨빌 거리를 산책한 후 6시 무렵 술집에 들어갔다. 춤을 추려던 참에 군중이 들이닥쳐서는 바리케이드를 부수고 불태운 일을 떠들어 대기 시작했다. 연주자들이 자리를 떴다. 식탁이 요란한 소리를 내며 넘어졌다. 로시뇰은 밖으로 나와 한 시간 넘게 걸었고 취기가 천천히 사라졌다. 그는 도시의 밤거리 산책을 즐겼고 급경사로 기울어진 마음속으로 굴러떨어지듯, 담배를 피우며 숨을 들이쉬고 온갖 상념에 사로잡혀 교회당 거리를 걸어 내려갔다. 가던 중 흩어져 있던 작은 무리와 마주쳤다. 그들이 소리쳤다. 〈제3신분 만세!〉 혁명과의 첫 만남이었다.

로시뇰이라는 보잘것없던 촌놈이 훗날 국민 의회 시절 장군이 되었다. 그는 로베스피에르 몰락 이후 1년간 수감될 것이다. 거기에서 회고록을 쓸 터인데 첫 문장이 〈나는 가난한 집안에서 태어났다〉일 것이다. 신선한 문장이다. 이 점을 알기 위해서는 라 로슈푸코의 첫 문장을 떠올려야 할 것이다. 〈나는 총애를 잃은 사람이 대체로 그렇듯 마자랭 추기경 집권기 마지막 시절 할 일 없이 빈둥거리며 지냈다……〉 혹은 〈부인, 내 삶 이야기가 당신에게 약간의 혐오감을 자아낼 테지만……〉이라는 교태스러운 문장으로 시작하는, 수천 장에 이르는 레츠 추기경의 회고록을 보자. 그러나 로시뇰은 회고록을 쓰기에는 아직 멀었고, 아직 장군도 아니고, 보나파르트에게 추방

당하지도 않았고, 여러 감옥을 전전하는 신세도, 코모로
섬으로 유배된 처지도 아니며, 며칠 후 그를 추억의 부스
러기를 끌어안은 채 짚 더미에 무기력하게 쓰러지게 만
들 열병에 걸리지도 않았다. 그저 싸구려 식당을 전전하
는 노동자에 불과하다. 그런데 지금은 마옌궁 앞에서 총
알이 빗발치는 가운데 행진하고 있다. 이틀 전 거리에서
자신이 응답했던 비명 소리가 가슴속 무엇인가를 일깨웠
고 그의 운명을 결정했다. 그때부터 제3신분이란 단어
는, 5년 후 감옥에서 글로 남겼듯이, 자신과 비슷한 처지
에 놓인 이들에게는 부자에게 대항하는 가난한 사람, 한
줌의 특권층에 대항하는 나라 전체를 의미했다. 그를 새
겨 넣은 목판화 속 로시뇰의 모습에는 슬픈 눈길, 부드럽
고 친절한 정취가 담겨 있다. 그는 아직 젊지만 바스티유
로 향하는 하찮은 노동자가 아니라 이미 장군이어야 했
다. 로시뇰의 시선은 마치 끝이 즐겁지 않으리란 사실을
안다는 듯, 세상은 예상과 달리 돌아갈 테고 희망은 배신
당하리라 느끼는 듯 일종의 우울, 혹은 환멸로 어두워 보
였다. 13년 후 그가 죽었을 때 민중은 그 사실을 믿으려
들지 않았다. 벨빌과 포르슈롱의 싸구려 식당에서 수다

꾼들은 로시뇰이 코모로섬에서 탈출했다는 허무맹랑한 이야기를 꾸며 냈다. 그래서 아프리카에서 굴종하지 않는 흑인 민중의 우두머리가 되었다는 것이다. 이렇듯 로시뇰은 민중의 기억 속에서 살아남았다.

그러나 7월 14일, 성채로 행진한 사람은 유령이 아니고 아직 모자에 깃털을 꽂지도 않았으며 금실로 꿰맨 연미복 차림도 아니었고 머리카락이 미용사의 손길에 의해 구불거리는 모양새로 바뀐 것도 아니었다. 이 29세 사내는 젊고 봉두난발이었고 원하는 것을 믿었다. 그날 아침 생탕투안 거리에서 그의 가슴은 불타올랐고, 머리는 혁명의 이념에 사로잡혔다. 그는 오른쪽을 힐끗 바라보며 포수에게 길이 열렸다는 신호를 보냈다. 로시뇰은 프티뮈스크 거리를 지났다. 조금 떨어진 데서 클로드 숄라는 아르스날로 내달렸다. 서로 3백 미터 떨어져 있었다. 두 사람은 서로 모르는 사이였다.

도개교

생탕투안 거리는 바스티유의 복부를 가로지른다. 지금은 거대한 파성추로 성문을 부수려고 대드는 형국이다. 파리 시내 도처에 사람들이 흘러넘친다. 사람들은 총탄을 피해 몸을 숨긴다. 랑파르 거리 집집마다 문 뒤에, 아르스날 대로의 모든 가로수 아래에, 마레 지구의 모든 나무 뒤에 사람이 있었다. 바스티유는 인류에 포위되었다. 그러나 이 인류는 장터로 구경 갔다가 돌아오는 선량한 무리가 아니다. 창, 꼬챙이, 녹슨 칼, 쇠스랑, 낡은 손칼, 허술한 장총, 장창, 나사 뽑는 연장으로 무장한 대중이다. 음성과 비명이 뒤섞인 요란한 소음 속에서 무기가 반짝거렸다.

총성뿐 아니라 투석 소리도 울려 퍼졌다. 비명도 한몫 거들었다. 욕설도 제 몫을 다했다. 이건 몸짓과 단어로 싸우는 거대한 전쟁이기도 했다. 꿈틀거리고 말 많은 군중은 돌과 낡은 모자를 던져 요란스러운 굉음과 욕설의 난장을 일으켰다. 질서를 대표하는 군인들은 똥 묻은 엉덩이, 곱창 장수의 신짝, 오줌받이, 언청이, 똥자루, 똥통, 똥과 관련된 모든 것, 똥과 관련된 모든 색, 빨간 똥, 파란 똥, 누리끼리한 똥 등 온갖 더러운 명칭으로 불렸다. 물론 한바탕 야유도 곁들여졌다. 그때 첨탑에서 또 다른 발사음이 들려왔다. 아침에 그랬듯이 사람들은 숨을 곳을 찾아 뛰어갔고 얼굴은 땀으로 범벅이 되었다. 어떤 남자가 마당 한가운데 바닥을 기었다. 그는 잠깐 팔꿈치로 몸을 일으키며 신음했다. 문 뒤에서, 기둥 아래에서 군중이 걸쭉한 욕설을 퍼부었다. 웅성거리는 소리가 담장을 타고 올라갔다. 버려진 거리, 황량한 광장에서 흘러나오는 것 같았다. 검은 머리카락을 길게 기른 부상자는 꼼짝도 하지 않고 바닥에 누워 있었다. 태양이 당시의 참혹한 느낌을 거들었다. 그리고 웅성거리는 소리가 단어로 변했다. 군중은 굵직한 음성으로 〈살인자! 살인자!〉를

연호했다. 사람들이 느릿느릿 여기저기 추녀 밑에서 나왔다. 어둠 속에서 작은 무리가 튀어나와 점차 크게 외쳤다. 〈살인자!〉 말은 흔적을 남기지 않지만 가슴속에 격랑을 일으킨다. 우리의 가슴을 쳤던 단어 하나, 문장 하나는 평생 기억에 남는다. 성채 안의 군인들은 미세하게나마 머뭇거리며 뒷걸음질 쳤다. 군인들은 가공할 만한 고독을 느꼈다. 축축하고 시커먼 성벽은 더 이상 보호막이 아니었다. 성벽은 그들을 가두고 있었다.

그 순간부터 더 이상 사태가 분별되지 않았다. 공간이 흔들리고 시간이 죽었다. 사태가 빠르게 돌아갔다. 젊은 식료품 상인 하나가, 해자에 면한 외벽 꼭대기에서 순찰 통로로 진입하기 쉽다는 것을 파악했다. 순찰 통로는 해자를 따라 둥글게 한 바퀴 돌았다. 거기에서 행정동 안마당으로 뛰어내릴 수 있을 것이다. 그의 이름은 장아르망 판티에인데 생전에 주변 사람들과 친분이 거의 없었기 때문에 곧 망각의 늪으로 떨어질 터였다. 하지만 7월 14일 그 순간, 판티에는 화약에 던진 불씨가 되었다. 키가 컸던 터라 성벽에 기대어 사다리 역할을 했다. 마차 수리공 투르네가 맨 먼저 올라갔다. 그는 푸른 조끼를 입었고 나이는 20세였다. 여덟에서 열 명가량이 투르네의 뒤를 따랐다. 그들은 담배 소매점으로 사용되는 건물 지붕을 뛰어넘었다. 군중은 그들을 꾸짖거나 부추기거나 자기들끼리 시시덕대기도 했다. 한 번도 본 적 없는 야단법석이었다. 투르네가 수비대 건물 지붕 위로 기어 올라갔다. 친구들이 그를 소리쳐 불렀고 바람이 불어 투르네의 조끼가 부풀어 올랐다.

그 순간 마차 수리공 루이 투르네가 진정 자기 자신으로, 오직 가장 완벽하고 심오한 내면성을 지닌 자아로 모든 사람의 눈에 비쳤길 나는 바라고 또 상상한다. 찰나였다. 기와지붕 위에서 몇 발짝 발레 같은 동작. 머리를 높고 자유롭게 쳐들고 발끝을 축으로 몇 차례 회전. 그리고 도약하여 두 발을 몇 차례 연이어 맞부딪치고 급강하 동작으로 연결하더니 심지어 회전까지. 아니 그보다는 아주 느린 걸음으로 살짝 미끄러지듯 고양이 걸음으로 걷는 것도 좋으리라. 문득, 잿빛이 감도는 푸른 하늘 아래 투르네는 모든 것을 잊는다. 마음속에서 홀연히 시간이 죽는다. 굴뚝 옆에서 투르네가 휘청거린다. 사람들은 투르네가 떨어질까 걱정했다. 오! 그는 지붕 안쪽 물매에 쪼그려 앉았고 기와에 닿은 손이 불타는 것 같았다. 더 이상 그가 보이지 않는다. 투르네는 혼자다. 눈앞의 행정동 안마당은 비어 있었다. 그때 투르네는 그저 하나의 그림자, 하나의 실루엣이었다. 첨탑의 병사들이 그를 내려다보았다. 투르네는 안마당으로 뛰어내렸다.

거기에서 그는 더욱더 외로운 존재, 혼자이다. 그는 이상한 의무를 완수했다. 자유가 무엇으로 이뤄졌고 평등이 어떤 식으로 획득되었는지 아무도 모른다. 루이 투르네, 마차 수리공, 21세 젊은이는 삶의 다른 편으로 건너갔다. 하지만 투르네는 거기, 행정동 안마당에 떨어진, 군중의 아주 작은 한 조각에 불과하다. 마당은 끔찍할 정도로 넓다. 투르네는 소름이 끼쳤다. 내가 여기서 뭘 하는 거지? 그는 생각했다. 작은 자갈이 깔린 마당에서 몇 발짝 걸어 보았다. 소음에도 불구하고 왕들의 영토에서 자라는 풀잎이 발밑에서 밟히는 소리가 들렸다. 오른쪽에는 요새의 병사들이 버리고 간 행정동 건물이 있었다. 건물은 텅 비어 있었다. 예전부터 항상 비어 있었던 것처럼 느껴졌다. 중정에는 널찍한 길이 뚫려 있고 이는 도개교까지 이어지는 통로였다. 앙시앵 레짐에서 또 다른 무엇으로 이어지는 통로였다. 이 협곡을 지나 좁은 돌길을 넘어서면 성채의 굳게 잠긴 문에 이르게 된다. 오로지 검은 구멍으로만 보이는 문.

동료 한 명도 뛰어내렸다. 이제 둘이다. 방금 하늘에서 뚝 떨어진 사람은 오뱅 본메르라 불리며 얼마 전 바스티유 앞에서 군중에게 휩쓸린 튀리오를 구하려 했던 자였다. 오뱅은 소뮈르 지방 출신이고 36세이다. 아버지는 뱃사공이다. 그는 루아르강 변에 살며 매년 조금씩 이동하는 모래밭과 강변을 갉아 먹는 안개를 관찰했다. 지붕 위에서 곡예를 한 사람은 루이와 오뱅만이 아니었으니, 여덟에서 열 명가량의 다른 이들도 있었다. 독자를 끌고 가기 위해 모든 이야기의 화술에 사용되는 막연한 존재나 윤곽이나 실루엣에 관심을 기울여야 한다. 잠깐이라도 이들 여덟에서 열 명가량을 다른 모든 동료 단역들처럼, 인칭 대명사의 힘을 빌려 조금 더 이야기해 보자. 왜냐하면 그들도 지붕 위에서 뛰어다녔고, 아마도 괴짜 같은 짓을 했을 테고 지평선 위에서 발레를 했을 것이기 때문이다. 투르네가 안마당에 들어서면 그들은 사라지고, 소설에서도 완전히 자취를 감추어 다시 보지 못할 것이다. 그들은 브뤼헐 그림 속의 작은 인물들, 예컨대 어린 시절 보았던 그림 속 저 멀리 얼음판 위에서 스케이트를 타던 유형의 작은 인물들이다. 흐릿한 안개처럼 표현된 그들은 묘한 거울 효과를 자아낸다. 그림의 전면부에 자리 잡은 인물들보다 그들이 더욱 가깝게 느껴진다. 우리가 꼼꼼히 살피고, 우리의 시선이 꽂히고, 안개에 적셔지는 대상은 바로 그들의 실루엣이다. 그리고 우리가 꿈을 꾸면 오로지 그들만 남는다.

이제 오뱅과 루이는 수비대 건물 안으로 들어간다. 그들은 서랍을 빼내 바닥에 던지고 문들을 활짝 열었다. 열쇠를 찾았지만 아무것도 발견하지 못했다. 바깥에서는 군중들이 도개교에서 발을 구르고 초조해했다. 사방에서 사람들이 도착해 안마당으로 통하는 길모퉁이는 인산인해가 되었다. 거기에 모자 제조공 콜리네와 친구 질 드루아, 그리고 바렌이 있었다. 너무 시끄러워 그들은 서로 귀에 대고 악을 쓰며 몇 마디 말을 주고받았다. 바렌은 신발 한 짝을 잃어버렸다. 친구들이 배꼽을 잡고 웃었다. 그는 혼란한 군중 사이로 절뚝거리며 걸어 다녔다. 사람들이 바스티유로 진입할 것이란 소문이 생탕투안 거리에 돌았다. 그들은 그런 광경을 보고 싶었다. 장 쥘리앵도 로랑도 투생 그로레르도 뒤몽도 모두 그걸 보고 싶어 했다. 총도 없고 창도 없었지만 도개교가 내려오는 광경을 보고 싶었다. 구두 수선공 팔레즈 역시 보고 싶어 했다. 허름한 집을 나서며 총알 두 개를 호주머니에 넣었다. 그 것으로 뭘 하려는지 자신도 몰랐지만 그건 중요하지 않았다. 팔레즈는 조금 소심하고 게다가 조금 늙었다. 테 없는 모자를 벗고 무심히 한 손으로 자신의 대머리를 쓰다듬었다. 10여 미터 떨어진 데서 벌어지는 일에 관해 왜곡된 소문이 떠돌았다. 아방세 쪽의 도개교가 이미 점령되었다니! 바스티유가 함락되었다니! 군중은 아우성을 치며 앞으로, 앞으로 나아갔다. 루소, 가로등 점등원이라는 경이로운 직업을 가진 프랑수아 루소도 행진 대열에서 빠지고 싶지 않았다. 바스티유가 저절로 함락될 것이라 믿었는지 싸울 생각은 추호도 없었지만 모두가 원하는지라 다른 사람들 틈에 끼어 아무 생각 없이 조제프 뒤몽의 소맷자락을 붙잡고 앞으로 나아갔다. 그들은 인파에 휩쓸려 끌려갔다.

루이 투르네는 지렛대까지 올라갔다. 첨탑을 사수하는 병사들이 작은 다리 쪽으로 사격을 가했다. 그중 한 발을 맞은 장 쥘리앵은 이제 오른팔이 불구가 될 터였다. 로랑이 다치고, 세르베가 다치고, 라모트는 발에 총을 맞았다. 투생 그로레르는 손목을 관통당했다. 뒤돌아 뛰며 피했으나 엉덩이 바로 윗쪽 대퇴골에 또 한 발을 맞았다. 그는 몇 발짝 뒷걸음질 치다가 쓰러졌다.

투르네에게 곡괭이가 건네졌다. 그는 땀에 흠뻑 젖었다. 찢어진 셔츠 차림으로 두 발을 돌 틈에 단단히 박고 도개교의 사슬을 끊으려 했다. 성채 꼭대기에서 소총이 불을 토했다. 투르네는 작은 다리의 문을 긁어 대는 도끼 소리 외에는 들리지도 보이지도 않았다. 아! 그에게 더 빨리 해치우라고 소리치고, 격려하고, 저주하는 무수한 악다구니와 혼자만의 분노에 휩싸여 투르네는 문득 혼자가 되었고, 갑자기 어린애처럼 울었다. 계속 곡괭이질을, 그것도 더욱 세게 곡괭이질을 하면서 분노와 슬픔에 사로잡혔다. 눈물로 시야가 뿌예졌다. 먼지로 뒤덮인 얼굴에 긴 눈물 자국이 생겼다. 그는 신음하며 짐승 같은 몸짓으로 계속 곡괭이질을 해서 사슬을 비틀어 끊으려 했고, 악을 쓰며 두들기면서 쉼 없이 동작을 이어 갔다. 방금 오뱅이 쇠망치로 문의 잠금장치를 날려 버렸다. 이제 나만 해내면 끝날 일이다! 그런 생각에 좌절감은 더욱 부풀어 올랐다. 더욱 곡괭이질에 매달렸다. 손을 다쳤다. 그래도 계속 곡괭이로 사슬을 찍었다. 아무 생각도 없이 발에 편자를 박는 것처럼 쇠고리를 내리치고 아무 데나 찍고, 아무렇게나 찍어서 체인의 고리 안에 곡괭이의 코를 들이박아 비틀고 흔들고 잡아당겼다가 힘이 빠지면 문밖에서 얼굴도 모르는 사람들이 외치는 격려와 욕설이 들려왔다. 그 순간 하늘은 창백했다. 군중은 바짝 독이 올라 있었다. 사람들은 주먹을 움켜쥐고 다리의 바닥을 두드리며 쌍욕과 저주가 뒤섞인 비명을 질렀다. 여자 목소리도 들렸고 술집 연설꾼의 충고도 들렸다. 어찌해야 할지 저마다 알고 있었다. 손바닥에 피가 흥건해진 투르네는 신음했다.

마침내 기둥이 흔들거리더니 바닥에 쓰러졌다. 도개교가 내려져 해자를 가로질렀다. 뿌연 먼지 속에서 군중이 뒷걸음질 쳤다. 바닥 상판이 요란한 소리를 내며 튀어오르는 바람에 아주 가까이 있던 사람 하나가 깔려 죽었다. 투르네는 귀가 먹먹해진 채 벽에 기대어 행복의 눈물을 흘렸다. 이렇게 되자 군중은 투르네를 거들떠보지도 않고 모두 안마당으로 몰려갔다. 모두가 그를 잊었다. 투르네는 증발한 것이다. 그의 서사시는 몇 분만 지속되었다.

대표단의 고질병

군중이 바스티유 아래로 몰려들었다. 파리와 바스티
유 사이에는 이제 돌다리 하나와 나무 담장 하나뿐이었
다. 무훈담 같지만 죽은 자들은 다시 일어나지 않는다.
수백 명이 서로 밀치는 가운데 콜리네가 파고들어 길을
냈다. 그는 동료들의 옷자락을 잡아당기며 〈가자!〉 하고
소리쳤다. 안마당으로 들어가는 인파에 밀려가며 사람들
은 웃었다. 팔레즈는 따라가고 싶지 않았다. 뒤로 물러서
려 했지만 사람이 너무 많아 쉽지 않았고 인파를 거슬러
갈 수도 없었다. 모르는 남자가 낄낄 웃으며 그의 모자를
낚아챘다가 다시 던져 주었다. 친구 하나는 그의 귀에 대
고 큰 소리로 말을 건네기도 했다. 프랑수아 루소라는 친

구였고, 그들은 함께 싸우러 왔지만 막상 성채 안마당에 이르자 흥분과 두려움으로 미적대고 꾸물거렸다. 작은 다리를 건넜고 숨을 고르려고 부서진 사슬 앞에 잠깐 멈춰 섰다. 그런데 갑자기 군인들이 다시 사격을 시작했다. 사람들은 사방으로 뛰어갔다. 국민방위대원 하나가 쓰러지자 루소는 더 생각할 것도 없이 그의 총을 들었다. 총구가 뜨거웠다. 그는 화약 주머니를 챙겼지만 멜빵 메는 것은 잊어버렸다. 그렇게 루소는 성채 쪽으로 걸어갔다. 뛰어가는 사람들 사이를 헤치고 나아갔다. 사람들이 그를 밀쳤다. 마당에 깔린 자갈이 햇살에 달아올랐다. 하늘은 하얬다. 루소는 행복했다. 행복했고 첨탑을 향해 총을 겨누었다.

요란한 총성이 다시 울렸다. 비스카엥 포탄 한 발이 한 남자의 가슴팍에 명중하여 몸뚱이를 두 조각 냈다. 루이 푸아리에라는 남자이다. 방금 전 노래를 부르며 샤랑통 거리를 내려왔는데 지금은 창자를 쏟아 내고 있다. 이루 필설로 다할 수 없을 정도로 혼란이 극에 달했다. 공격하던 사람들은 흉벽 뒤에 엎드렸다. 사람들이 안마당을 허둥지둥 가로질러 뛰어가고 무리는 흩어지고 친구들도 서로 떨어졌다. 총알이 휘파람 소리를 내며 쏟아졌다. 날씨는 가마솥처럼 뜨거웠다. 콜리네가 해자를 둘러싼 담장 위로 올라갔다. 멀리서 첨탑 쪽으로 가는 팔레즈가 보였다. 그에게 손짓을 해보았다. 갈피를 잡을 수 없도록 혼란스럽고 연기가 마구 피어오르는 가운데 팔레즈의 윤곽이 휘청거리는 것처럼 보였다. 한 손을 허공에 내뻗고 있었는데 무슨 뜻인지 알 수 없었고 그는 이 세상의 위쪽을 향해 미친 듯이 손을 흔들고 있었다.

총격이 멈추었고 안마당에는 여기저기 시체들이 흩어져 있었다. 사람들은 은신처에서 나올지 말지 망설였다. 조금씩 위험을 무릅쓰고 몸을 드러냈다. 부상자 하나가 끔찍한 비명을 질렀다. 국민방위대원 둘이 그를 순찰로 근처에 있는 가게의 추녀 밑으로 끌고 갔다. 시체 한 구는 벽에 기대앉아 있었는데 작은 까마귀가 어깨 살을 파먹었다. 갑자기 질 드루아가 오라고 손짓했다. 팔레즈를 찾았던 것이다. 그의 대머리가 포석 위에서 반짝거렸다. 옆구리가 시꺼멨고 엄지손가락이 떨어져 나갔다. 호주머니에는 두 시간 전 넣어 둔 총알 두 개가 그대로 있었다. 사용할 기회가 없었을 것이다. 조금 떨어진 곳에 있는 도개교 근처에서 콜리네가 또 다른 시체를 일으켰다. 그의 목에서 피가 솟구쳤다. 프랑수아 루소였다. 파리들이 그의 눈을 파먹는 중이었다. 그들은 막사에서 판자 두 장을 떼어 왔다. 그중 하나에 팔레즈를 눕히고 다른 하나에는 루소를 눕혔다. 오후 2시 무렵이었다.

  튀리오가 참담하게 실패한 후 시청 쪽에서는 곧바로 새로운 대표단을 파견했다. 대표단은 유권자 의장 들라비뉴, 르다이스트 드 부티두, 대리 의원 시냐르, 신부 포셰로 구성되었다. 마주치는 대부분의 사람보다 아마도 잘 차려입었을, 무장한 군중 사이로 지나가는 구경거리인 공식 대표단의 모습을 상상해 보아야 한다. 길을 헤치고 나아가느라 애를 먹었는데, 엄청난 인파, 전에 없던 무수한 사람들, 그들을 위협하며 흥분한 군중이 내뿜는 거대한 입김을 고려하면 그럴 수밖에 없었다. 그들이 도착한 것도 겨우 파악할 수 있을 정도였다. 벌써 수차례 대표단을 보았던 터라 군중은 그들을 보고 감동했다기보다 시비를 걸 판이었다. 대표단은 조심스럽게 성채에 다가가려고 시도했다. 군중은 그들에게 조금도 관심이 없었기에 대표단을 밀쳤다. 그러다가 간헐적으로 총성이 울리면 멈칫 뒤로 물러났다. 소규모 대표단은 성채 담장 근처에도 가지 못했다.

게다가 새로운 협상단이 이미 오는 중이었다. 협상은 또 다른 질병이나 마찬가지였다. 이 새로운 대표단은 가장 근엄했다. 수뇌는 왕립 검사였던 루이도미니크 에티스 드 코르니였다. 수행인은 드 라 플뢰리, 피코 생토노린 백작, 푸파르 드 보부르였는데, 그중 푸파르는 샤를 6세 회계관 이었던 사람의 직계 후손을 자처했고, 생필리프 십자 훈장 을 받은 용기병 대위로서 멋진 녹색 군복 차림에 훈장을 주렁주렁 달고 있었다. 그의 모습을 진정으로 생생하고 완 벽하게 묘사하길 원한다면 덧붙일 이야기가 있다. 훗날 백 작은 아시냐 지폐 불법 거래, 약탈, 독직, 반혁명 세력과의 공모, 심지어 바스티유 함락 시기에 저지른 공공 재산 약 취 혐의까지 곁들여 수감될 터였다. 그러나 너무 앞질러 가지는 말자. 그들과 더불어 몇몇 사람이 주장하는 바에 따르면 건축가라는 피에르앙드레 시스도 있었고, 37년 전 마르티니크섬에서 루이부르 가문의 후손으로 태어나 당 시에는 에티스 드 코르니의 변호를 맡은 파리 법원 서기관 루이레쟁 드 밀리도 있었다. 온건파에다가 대부분의 동료처럼 입헌 군주제에 호의적인 사람이었다. 프랑스 혁명에 기여한 그의 악명 높은 업적 중 하나로 1790년 담화를 꼽아야 하는데, 노예제 폐지로 나아갈 수밖에 없는 식민지 해체를 경계했던 것이다. 그는 식민지 경영주였다. 얼마 후 백작은 왕의 폐위를 발의하고 이후 정치 이력은 자연스레 경찰과 감시 업무 쪽으로 흘러가게 된다.

이 수행단은 임기응변에 능하고 실용주의로 무장한, 대표단의 섬세한 꽃과 같다는 사실을 알 수 있다. 오후 2시무렵 이 유쾌한 무리는 군중이 점령한 그레브 광장은 위험해졌기 때문에 신중을 기해 시청 뒷문으로 빠져나왔다. 그리고 페토디아블 거리에서 이어지는 굴곡진 마르투아 거리를 따라 걸어갔다. 생제르베를 앞두고 신사 양반 무리는 롱퐁 거리 쪽으로 우회전했다. 거기에서 더욱더 신중을 기해 강변길로 가기로 결정했다. 가는 길에 부르주아 민병 순찰대를 만나면 아무도 통과시키지 말라는 당부를 잊지 않으며 작은 골목길로 돌아서 갔다. 폭도와 마주쳐서 득이될 것은 없었다. 마침내 그들은 셀레스탱 강변길에서 시청소속 경찰관 쿠탕을 만나 일행에 합류시켰다. 이 우스꽝스러운 행렬은 혁명의 심장부를 기적처럼 통과하게 되었다.

2백여 미터를 절룩거리며 통과한 우리의 대표단은 마침내 아르스날에 도착했다. 살페트르 마당에서 스위스 용병에게 빈틈없이 문을 닫아 걸라고 명령한 후 대표단은 로름 마당에 들어갔다. 그들은 불안감을 떨치지 못했다. 왕립 검사 루이도미니크 에티스 드 코르니는 북을 울리고 깃발을 게양하라고 명령했다. 혼란한 와중에도 이 작은 대표단은 규율의 전범을 보였다.

이 같은 절차를 진행한 후 피코 생토노린 백작과 부슈롱, 깃발을 든 조아농과 북 치는 사람은 근엄하게 행정동 마당에 진입했다. 그리고 경악했다. 총, 도끼, 몽둥이로 무장한 엄청난 인파, 그들 표현에 따르자면 개인들과 마주치게 되었다. 방문단은 부들부들 떨면서 공식 행사에 어울리는 어투로 자신들은 시청에서 협상을 위해 파견한 대표단이라고 밝혔다. 아마도 겁을 먹었는지 폭도들이 물러나며 길을 내주었고 대표단은 성채 아래까지 갈 수 있었다. 교양인으로 자란 부슈롱은 모자를 벗었다. 거기에는 아마 아메리카인 푸르니에, 미래의 국민 의회 의원 마야르, 그리고 붕대로 감은 맨발이 이제 아주 빨갛게 변했을 라 지로플레도 있었을 것이다.

성채 안에서는 화승총 소리 때문에 대표단의 기척을 눈치채지 못했다. 방위대가 나서서 대표단이 지나갈 수 있도록 길을 터주라고 군중에게 명령했다. 대표단에 합류한 의원들은 군중에게 사격을 중지하라고 권했다. 이 장면은 아주 묘하고 이채로웠을 것이다. 상상해 보자. 장바티스트 발랑슈. 피에르루이 비두아. 장 볼. 장프랑수아 부아예. 루이 샹뱅. 자크 코뮈노. 피에르 크랑퐁. 앙투안 크라. 클로드 니케. 자크앙드레 노엘. 장바티스트 루보. 이들은 몇 시간 전부터 쏟아지는 총알 속에서 화승총을 조준하고 사격한 후 지붕 아래로 숨으며 온갖 고생을 다했다. 거기에서 두루마리 종이를 찢어 도화부를 채우고 총구에 화약 가루를 붓고 총알을 넣었다. 자크가 피에르를 바라보았고, 그들은 은신처에서 튀어나와 총구를 하늘로 향하게 했다. 작은 불꽃이 뤼미에르라 불리는 작은 구멍으로 지나가면서 화약을 점화했다. 그들은 다시 뒤로 물러나 총구를 비우고 재장전해야 했다. 구름들이 아주 높이 흐르고 이따금 첨탑 위에서 대포의 포신이 반짝거렸다. 병사들을 총으로 맞히기란 거의 불가능했다. 그들 모습이 천공에서 새들 사이로 떠다니는 것 같았다.

　이로부터 얼마 후, 혁명력 2년 동안 벌어진 전쟁에서 셰미예, 비이에, 돌, 코롱, 무티에르 등지에서 이들 대부분은 죽거나 학살될 것이다. 그들 중 많은 이들이 이미 부상을 당했지만 전투에 임했고 지금 이 순간 자신들의 대의명분을 확신하며 성채를 함락시키겠노라 굳게 결심한 터인데, 한 줌밖에 안 되는 부르주아 대표단이 얼굴을 내밀며 사격을 중지하라고 명령하는 것이다. 샤맹은 폭소를 터뜨렸다. 코뮈노는 저들을 죽여 멋진 옷걸이를 만들겠다며 화승총을 겨누었다. 조롱이 쏟아져 나왔다. 대표단 뒤에 처져 있던 카니베가 악의에 차서 휘파람을 불어 댔다. 루이세바스티앵 카니베는 에티스 드 코르니 일당보다 훨씬 뛰어난 수완꾼이었다. 빅토르 위고의 추종자, 그의 소설 속 인물로 〈폴리냐크를 죽이자〉라고 외쳤던 가브로슈의 친구 같은 사람이었고 자기 이름 중 한 부분을 이 활기찬 인물의 이름에서 슬쩍 훔쳐 왔을 법하다. 사람들은 그를 그냥 카니베라고 불렀다. 차라리 카니보[26]라고 불러도 무방했을 것이다.

　26 시궁창이라는 뜻.

손수건

야유를 받으며 소규모 대표단은 결국 발걸음을 돌렸다. 오직 밀리만이 홀로 성채를 마주 보고 잠깐이나마 손수건을 미친 듯이 흔들었다. 난생처음 경험하는 혼란 속에서 한 남자가 지팡이 끝에 손수건을 꽂아 허공에 흔드는 모습을 바라보며 수레 목수, 땜장이, 장사꾼 아낙네, 파리 부랑 소년이 어떤 표정을 지었는지 상상해 보아야 한다. 밀리의 존재 전체가 작은 하얀 손수건에 담겨 있었다. 그런 모습은 포복절도할 만하고, 당혹스럽고, 어쩌면 외설스러울 수도 있다. 모자, 각반, 그리고 회중시계까지 갖추어 성장한 차림새로 군중의 흥분을 가라앉히겠답시고 찾아온 것이다. 이야말로 시청 사람의 전문 분야이다.

한 사람이 끓어오르면 감옥에 처넣는다. 1백 명, 1천 명이 끓어오르면 헌병대를 파견하여 충격을 가하지만 수만 명이 뜨거운 냄비에서 끓어오르면 대표단을 파견하여 **스틱** 끝에 손수건을 꽂고 점잖게 흔들어 댄다.

부슈롱은 손수건을 든 밀리를 내버려 두고 나머지 대표단과 함께 궁륭 밑에 신중한 태도로 서 있는 왕립 검사에게 갔다. 가부장 스타일의 에티스 드 코르니는 폭도들에게 마지막으로 요구했다. 바스티유 안으로 들어갈 수 있도록 얌전히 있으라고 말이다. 이 검사는 나이 52세에다가 똥배가 나왔을 테고 많은 친구를 두었을 사람이었다. 볼테르와 서신을 주고받았고, 라파예트, 제퍼슨과 교류했다. 마침 그날 제퍼슨은 초청을 받아 파리에 체류 중이라 그는 이런 일이 아니고도 분주했을 테고 나름 만날 사람이 많았다. 마르그리트빅투아르 드 팔레른과 결혼한 덕분에 금융업계에도 선이 닿아 출세에 도움을 받았다. 검사직을 돈으로 산 후 지금 생의 정점에 올라 있는 셈이고 저명인사들에 대한 저서를 쓴 적도 있었기에 이 보잘것없는 대표단의 일원이라는 지위가 영광스러운 생애의 유일한 업적, 짧은 전성기의 마지막 불꽃이란 사실은 모르고 있었다.

에티스 드 코르니의 생각은 달랐을 테고, 그는 아주 까마득히 먼 과거까지 돌아보고 있었다. 그는 에티스 가문이 스코틀랜드 지방을 다스렸던 국왕 에트, 혹은 에드의 후손이자 도맨가트 맥 돔네일의 증손이며, 그런 식으로 따지면 일곱 가지 재앙을 피해 달아난 이집트인의 혈통이라고 주장하곤 했다. 이렇게 해서 왕립 검사의 피는 고대 구약 시대까지 거슬러 올라갔다. 그가 리모쟁 지방 트랑슐리옹의 영주, 작위를 받지 않은 호족, 트랑슐리옹 기사단과 관련이 있는지 나는 모른다. 혹은 모크빌과 롱슈 영주나 귀족 작위가 없는 고위 기사였던 베크들리에브르 가문과 인척 관계에 있는지도 나는 모른다. 그 가문에는 이브라힘 파샤의 공세를 막아 내며 혁혁한 전공을 세운 어느 유명인이 있었는데 나중에 노르망디 지방의 고위직 도로 관리관이 되었다고 한다. 혹은 그가 일명 쿠프롱 드 트레브로라 불리는 쿠퐁과 연계되었는지도 나는 모른다. 이 원색적 이름은 프랑스에서 탄생한 65,277번째 성씨이며 실상 조상의 기원은 아마도 플루아르젤 근방의 허름한 저택, 혹은 마옌 지방의 어느 호족 저택인지도 모른다. 독설가들은 에티스 드 코르니의 조부가 이집트 파라오의 후손이기는커녕 실은 술집 주인이었다고 한다. 나로서는 차마 믿을 수가 없다.

손수건 쇼는 대실패였다. 아무 효력이 없었다. 야만적인 관객들은 쇼에 눈길도 주지 않고 연신 화승총을 발사했다. 에티스 드 코르니의 호화로운 검조차 환심을 끄는 위력을 발휘하지 못했다. 독일 스타일의 날밑, 금빛 구리로 조각된 칼자루, 깃발 문양 바탕의 방패 위에 놓인 깃털 달린 투구 그림으로 장식된 작은 칼자루 끝 부분, 편히 잡을 수 있도록 밀랍을 입힌 갈색 송아지 가죽으로 감싼 목재 칼집. 그렇다. 파랗고 금빛이 감돌며, 골이 파인 날 중 3분의 1 부분까지는 잎사귀 왕관이, 중앙에는 글자가 쓰인 깃발을 든 말 탄 기사가 새겨진 칼은 보기에도 멋지다. 길이 79센티미터, 두께 6밀리미터에다 사용하다 보니 약간 녹이 슨 칼날이 몸을 관통하는 감각을 느끼는 것은 아마 특권일 터다. 그러나 싸움에 몰두한 군중은 무관심했다. 돋을무늬를 세공한 황동으로 된 네 개의 보강재가 붙어 있고 밀랍을 입힌 까만 가죽으로 단단히 감싸인 나무 칼집, 월계수와 야자수 무늬로 멋을 낸 덮개, 칼을 허리에 매는 데 쓰는 두 개의 고리들, 전리품으로 얻은 무기를 각인하고 세로 홈을 낸 쇠고리 모양의 장식, 황금빛 황동으로 만든 고리들, 화살통 위에 깃털 달린 투구가 새겨진 칼집 끝 부분 쇠 장식, 비단실로 수놓은 붉은 가죽 혁대, 투조 세공된 두 개의 고리가 에스s 자 모양 갈고리로 연결되고 두 마리 뱀이 장식된 칼집 입구, 이 모든 것에 군중은 눈길도 주지 않았다. 그렇다, 민중의 이런 태도가 이해된다. 1785년 스트라스부르 소재 테트 누아르의 도검 장인 베르제에게 주문한 에티스 드 코르니의 아주 멋진 경비병 검, 2000년도에 가문의 마지막 후손이 퐁텐블로에서 죽을 때까지 집안에 보존되었던 루이도미니크 에티스 드 코르니의 검, 사교계 인사들이 위세를 과시하는 데 쓰는 이 기사 도검을 한 번이라도 본다면 에티스 드 코르니, 그리고 바스티유 점령 전투에서 부상당하고 앵발리드에서 쓸쓸히 헌병의 일생을 마친 주물공 출신 피에르 폴리토, 이 두 사람 사이에 가로놓인 간극을 이해할 수 있을 것이다.

루이레쟁 드 밀리가 손수건을 치켜들고 부드러운 크레올 억양으로 흥분한 군중을 가라앉히려 했다고 에티스드 코르니에게 전달한 후, 부슈롱은 사고가 날지도 모른다는 불안감에 상관을 찾아가기로 결심했다. 용감한 병사는 국민방위대 사이를 비집고 폭도 속을 이리저리 빠져나가 방금 전과 똑같은 자세로 열광적으로 손수건을 흔들며 서 있는 선한 루이레쟁을 발견했다. 이 모든 짓거리가 우스꽝스럽다고 질타하거나, 그의 행위를 위로하려고 소매를 잡아끌고 아름다운 동네의 레스토랑으로 데려가기는커녕 부슈롱과 피코도 모자를 벗어 흔들었다. 마치 그들은 누군가에게, 혹은 무엇인가에, 어쩌면 앙시앵레짐을 향해 작별 인사를 건네는 것 같았다. 그들은 폭도들에게 더 이상 총을 쏘지 말아 달라고 아주 정중하게 부탁했다. 적대 행위를 그만두라고 호소했다. 그러나 저항군은 전혀 귀담아들으려 하지 않았다. 그때 기적이 일어났다.

시체

거의 포기하려던 순간, 첨탑을 지키던 군인들이 화해의 신호를 보내왔다. 흥분한 대표단은 앞으로 나아갔다. 그들은 성채로 들어가기 위해 매무새를 가다듬을 것이다. 푸파르는 몹시 기뻐했고 에티스는 의기양양했다. 마침내 처음으로 제 역할을 할 수 있게 되었다. 그런데 대표단이 위풍당당하게 마당을 가로지르는 순간, 첨탑에서 쏜 총알에 곁에 있던 폭도 몇몇이 쓰러졌다. 다시 총소리가 울리자 우리의 겁쟁이 친구들은 흩어져 버렸다. 모자가 바람에 날아갔다. 해는 수줍게 얼굴을 내밀었다. 에티스는 한 구의 시체에서 그리 멀지 않은 벽 근처에 잔뜩 웅크리고 있었다. 그는 얼굴이 빨개져서 소리를 지르고 있었고 아마 바지에 오줌을 지렸을 것이다. 겁에 질린 대표단 일원은 병영 안을 이리저리 뛰어다니며 문을 두드리며 열어 달라고 외쳤지만 소용없었다. 사격은 지속되었다. 바로 그 순간, 코트도르의 본에서 태어난 62세의 장바티스트가 이때다 싶어 무모하게 첨탑 근처로 튀어나와 드 로네에게 항복하라고 최후통첩을 했다가 총에 맞았다. 페랭은 왼쪽 다리에 총을 맞았다. 튀르팽은 엽총 탄환에 맞아 온몸에 구멍이 뚫렸다. 그리고 사고도 쓰러져 죽었다.

그런데 사고는 누구인가? 저기 시체로 누워 있는 사람의 이름. 그에 대해서는 알려진 바가 거의 없다. 관련 서류 봉투는 비어 있다. 그는 플랑슈미브레 거리에 살았고 직업은 금박공이었다. 이름조차 확실하지 않고 가끔 사가네라고 기록되었다. 사고 역시 다른 사람들처럼 휴전 신호로 받아들여 조금 무방비 상태에서 조심스레, 그러나 충분히 조심하지는 않은 채 앞으로 나아갔다. 의심했어야만 했다. 그러나 아는 것이 거의 없는 이 가난한 금박공은 왕립 검사가 앞장서서 성안으로 들어가려고 하니 아마 충분한 이유가 있을 테고 저기에 가서 모든 사람을 위한 해결책을 찾아 줄지도 모른다고 생각했다. 그래서 자기도 따라가 그런 광경을 보고 싶었다. 몇 발짝 걸어 나갔고, 푸파르와 코르니 뒤를 따라가며 달변에 감탄하고 그들이 남긴 거만한 발자취를 짚어 나갔다. 사고는 사랑하는 모든 것을 뒤로했다. 젊은 아내, 가계부를 적어야 하는 소박한 삶, 플랑슈미브레의 허름한 집, 술친구들, 가난한 사람의 믿음. 그는 뭔가 잘해 보고 싶어서 희망을 갖고 자동인형처럼 몇 걸음 나아갔다.

　어떤 기미를 느낄 수 있을까 싶어 첨탑에 시선을 고정한 채 몸을 드러내고 앞으로 나아가는 짧은 순간 그의 가슴은 뜨거우면서도 동시에 차가웠을 것이다. 그의 마음은 습관의 힘으로 차분함을 유지하면서도, 한편으로 불확실하며 더욱 깊은 곳에 있는 무언가로 인해 한결 불안했다. 여기에는 아마 아슬아슬한 것을 좋아하는 성향, 만용도 작용했을 것이다. 하나로 뭉쳐지지 못하는 진실의 미세한 부스러기들처럼 머릿속에서 모든 것이 소용돌이쳤다. 햇살이 비쳤고 한 줄기 빛에 눈이 부셨다. 동료 하나가 더 이상 접근하지 말라면서 그들에게 〈돌아와!〉 하고 외쳤지만 사고는 듣지 못했고 위를 올려다보았다. 빛이 번쩍, 하늘에서 아주 작은 빛줄기가 번쩍거렸다. 그것이 무엇인지 이해할 틈이 없었다. 그것이 번쩍거렸다. 등 뒤 아주 먼 데서 총성이 들렸다. 빛이 그에게 도달하기도 전에 복부에서 뜨끈한 기운이 느껴졌다. 〈돌아와!〉 하고 외치는 소리를 들었다. 순간 모든 걸 포기하고 생탕투안 거리로 돌아가 그레브까지 뛰어가서는 집에 있는 아내를 보고 싶은 강렬한 욕구가 일었다. 아내에게 어떤 말을 해야 했는데 잊어버리고 못 했던 것이다.

돌연 누군가 말없이 부드럽게 밀치는 느낌을 받았다. 소리를 지르는 페랭이 보였지만 무슨 말인지 들리지 않았다. 시야가 뿌예졌다. 입 안이 말랐다. 바닥에 길게 누워 머리를 들어 하늘을 쳐다보며 사고는 기다랗게 피거품을 토해 냈다. 그리고 작은 신음. 마당은 비었다. 끔찍할 정도로 횅하니 비었다. 사고는 홀로, 창백하게, 길게 누워 있다. 10여 미터 떨어진 데서 페랭은 다리를 부여잡고 있다. 튀르팽은 울면서 벽까지 다리를 끌고 기어갔다. 에티스드 코르니는 흙벽 아래에서 조바심을 내며 자기를 데리러 오라고 동료들에게 손짓했지만 사고는 홀로 마당 한복판에 쓰러져 있었다. 그는 바닥에 내동댕이쳐진 자기

사연과 회한을 품은 채 누워 있었다. 플랑슈미브레, 그의 공방, 조임 공구, 망치, 가느다란 집게, 필멸의 삶에 함께 했던 모든 것이 그와 더불어 바닥에 흩어져 버렸다. 하늘만 저기 드넓게 펼쳐져 있었다. 사고는 아주 작았다. 공방 작업복 차림의 그는 너무 작았다. 작업복을 갈아입을 틈도 없이 거기에 갔더랬다. 이제는 화가의 팔레트처럼 얼룩투성이인 낡은 작업복 차림으로 죽어 가고 있다.

인간이란 얼마나 왜소한가. 마당은 얼마나 넓은지 모른다. 담장이 활짝 열리고 하늘은 묵직하게 내리누른다. 잔인할 정도로 더운 날씨이다. 그의 아내는 불안해할 것이다! 부부는 파리 시내가 내려다보이는 다락방에 살았고 그 방이 가장 큰 재산이었다. 저녁에 그들은 함께 창가에 서는 것을 좋아했다. 손을 맞잡고 지붕 색깔이며, 저 아래 작은 마당에 보이는 작은 나무 한 그루 따위를 소재로 평범한 잡담을 나누었다. 그날 하루의 일과에 대해 조금 이야기하기도 했다. 이런 것을 일컬어 사랑이라고 한다! 오! 물론 그리 대단한 것은 아니다. 왕립 검사, 변호사나 유권자 의원의 삶이 아니라 그저 평범한 이들의 소소한 삶이었다. 생각해 보면 그런 삶도 그리 나쁘지 않았다. 침대에서 서로 다독거리기, 엉뚱한 습관, 서로를 부르는 호칭, 싸웠다가 화해하기, 그럴 때의 어투 등 딱히 뭐라 이름 붙이기 어려운 것들로 이뤄진 보잘것없는 삶이었다. 물론 쉽기만 한 삶은 아니었다. 아직 빚도 다 갚지 못했고, 월말이면 지갑이 텅 비고, 일감이 없으면 쓸 돈도 없었다. 하지만 둘은 일심동체가 되었다. 그들은 젊고, 희망이 있었다. 어제저녁에는 식사 시간을 주사위 놀이로 때웠다. 다음 달에는 수입이 나아질 것이다. 갑자기 무슨 조화인지 고삐 풀린 환영과 단어가 주마등처럼 스쳐 지나가면서 엷은 수심과 불안감이 깃든 아내의 얼굴이 나타났다. 그런데 아내에게 해야만 했는데 깜빡 잊었던 말이 대체 무엇이던가? 알 수 없었다. 곁에 바짝 다가온 아내 모습이 아름다웠다. 저녁이면 다락방에서 서로를 쓰다듬었다. 아내의 입술과 입김, 모든 것이 얼마나 감미롭고 내밀했는지 필설로 형용할 수 없었다. 누구나 자기만의 비밀이 있다.

그들의 하얀 침대보가 눈에 선하다. 작은 창문. 아이들이 뛰놀던 안뜰. 아! 추억 저편에 있는 저 안온한 삶은 얼마나 아름답고 고요했던가. 지금 두 남자가 담장까지 그를 모래 자루처럼 질질 끌고 간다. 그는 의식을 잃었다. 두 남자 중 하나가 그의 다리를 들고 신발을 벗기더니 재빨리 자기 발에 신었다. 그는 이제 맨발이다. 다른 남자는 그의 셔츠를 벗겨 호주머니를 뒤집어 본다. 장터에서 자릿값을 받고 사는 여자, 언제나 등 뒤에 묵묵히 서 있던 여자가 마침내 고개를 들더니 자기를 따라오라고 요구한다. 사고는 무표정한 그 여자의 얼굴, 투명한 눈동자를 보았는데, 밀리나 코르니, 그리고 다른 모든 사람과 닮았다. 주변에 있던 군중이 악을 썼다. 그들은 코르니에게 복종하지 말라고 외쳤다. 이번에는 사고도 따라가지 않고 총을 다시 들려고 했는데……. 지금은 손이 천근만근 무거웠고, 팔은 아무 느낌이 없었다. 겁에 질린 꼬마가 그의 시신을 밟고 지나갔다. 이때가 자기 존재의 마지막 순간임을 사고는 불현듯 깨달았다. 그 순간은 공허, 빈칸으로 남을 거라는 이상한 생각이 들었다. 자신이 했던 일, 몇몇 가구, 집기 등은 인도 위에 펼쳐져 행상의 물건처럼 팔릴 테고 그의 소유물은 아무것도 남지 않으리라. 아내는 어찌 될 것인가? 어떤 삶은 다른 삶보다 훨씬 소중하게 여겨지기도 한다. 그가 사랑했던 모든 것은 잊히고 말리라.

그때 누군가 자신을 들어 올리는 것을 느꼈다. 겁이 났다. 고개가 옆으로 꺾이면서 눈이 떠졌다. 성벽을 따라 그를 지고 가는 사람들의 다리 사이로 아주 작은 노란 꽃을 보았다. 노란 봉오리. 의식이 마지막으로 집중되었고 사고는 남은 온 힘을 다해 응시했다. 단 1초만 더, 1초만이라도 더 보고 싶다! 작은 꽃은 창백하고 노랬다. 시간이 벼락에 맞은 것처럼 굳어 버렸다. 사고는 꽃을 바라보았다. 그것을 얼마나 손가락 사이에 끼고 싶었는지 모른다. 얼마나 간절히 원했는지……. 그러고는 아무것도 알 수 없었다. 시선이 다른 데로 돌아갔다. 그런데 도대체 아내에게 해야만 했던 말이 뭐였더라? 사람들이 그를 차갑고 딱딱한 바닥에 내려놓았다. 얼굴이 얼음장 속으로 가라앉는 느낌이었다. 그리고 복부에 엄청난 통증이 느껴졌다. 개 한 마리가 바지에 코를 대고 냄새를 맡다가 얼굴로 코를 옮겼다. 개의 입김에 몸이 조금 덥혀졌다. 비명 소리가 났다. 한 남자가 개에게 발길질을 하자 개가 깨갱거리며 가버렸다.

한바탕 쏟아지던 총알 세례가 멈추자 성채를 공격하던 사람들이 궁륭에서 다시 나왔다. 에티스도 바닥에서 일어나 엉덩이를 털더니 주섬주섬 모자를 썼다. 이 모든 유혈 사태가 다 저 대표단 탓이다! 분노한 군중이 그의 멱살을 잡았다. 따귀를 얻어맞고 나니 갑자기 자신이 아주 작게, 튀르팽보다도 훨씬 작게 느껴졌고 다리에서 피가 나니 시신으로 변한 사고보다도 작게 느껴졌다. 그는 두려웠다. 목청을 높이고 사람들의 이목을 끌려고 했다. 멋진 연설은 하나의 특기이자 힘이다. 그것은 소시민을 감동시킨다. 에티스는 침을 꿀꺽 삼키고 몇 마디 이야기를 하려 했으나 겁이 났고 낡아 빠지고 빈약한 말, 천편일률적인 문장 부스러기, 분노와 권위가 뒤섞인 불쾌한 횡설수설만 튀어나올 뿐이었다.

몰매를 맞고 고통받은 사람은 에티스 하나만이 아니었다. 루이레쟁도 엉덩이를 맞았다. 그는 손수건을 얼른 치웠다. 맞을 짓을 했던 피코도 보기 좋게 따귀를 맞았다. 성채를 포위했던 민중은 그 대표단의 태만과 어리석음

탓에 목숨을 잃었다. 누가 와달라고 했던가. 가난한 그들은 총과 도끼, 그다지 믿을 만하지 못한 한심한 작대기로 무장하고 나섰다. 에티스 드 코르니가 앞장서서 민중 사이로 길을 텄다. 순박하고 다정하며 조금 기름진 표정을 지어야만 했고 그를 보호한다며 동행했던 일반 병사들은 안중에도 없이 소수의 대표단을 이끌고 시체들을 피해 종종걸음으로 나아갔다. 자, 미안하지만 후퇴다, 일반 병사들은 동료들과 함께 알아서 도망쳐라. 그런데 천성이 고운 부슈롱이 다시 돌아왔다. 그는 잠깐 조아농과 깃발을 찾았으나 헛수고였다. 그는 아마도 폭도 무리에 합류했을 것이다.

부슈롱은 혼자 침 세례를 받아 가며 집들의 벽을 따라 돌아가다 살페트르 마당에서 화들짝 놀랐다! 푸파르를 만난 것이다. 이 불쌍한 푸파르는 일용직 노동자와 공장 노동자 무리에게 붙잡혀 있었다. 그들은 푸파르를 죽이겠다고 협박했다. 이번에는 심각했다. 시민들은 대표단과 부딪칠 기회만 생기면 이렇게 행동했다. 부슈롱이 대뜸 중간에 끼어들어 그들을 깔보고 고함치며, 대표단은 곧 성채 공략에 나설 준비가 되었다고 장담하면서 포병 지원을 요청하기 위해 잠깐 시청으로 돌아가야 한다고 말했다. 사람들은 서로 당황한 눈길을 주고받았을 것이다. 불신으로 가득하고 미심쩍어하면서도 시민들은 어쨌거나 그에게 권총을 돌려주었다. 나머지 물건은 돌려 달라고 요구하지 못한 채 푸파르와 부슈롱은 군중 속에서 빠져나왔고 군중은 위협적인 태도로 그들을 계속 따라갔다. 그래서 우리의 친구들은 자신들을 괴롭히는 한심한 시민들을 속이기 위해 큰 소리로 외쳤다. 바스티유에서 시민 대표단에게 총질을 해댔기 때문에 시민들은 무기를 들어야만 한다고 외쳤다. 이 허풍스러운 대표단, 그들을 둘러싸고 괴롭히고 때리면서 혁명가 행세를 하는 군중, 이 상황을 상상해 보면 한 편의 희극을 맛보게 된다. 부슈롱이 주변에 이 일화를 이야기하려고 꾸며 낼 서정적이며 유치한 어조뿐만 아니라, 푸파르와 코르니가 함께 자기들이 배신당했다고, 대포로 바스티유를 공격해 점령해야 한다고 봉기를 선동하며 목청이 터져라 외치는 광경을 상상해 보면 그야말로 희극의 한 장면이다. 그러나 군중은 바보가 아니었다. 적대적 군중은 **사건의 무대**에서

부터 끝까지, 시청의 위원회 석상까지 그들을 따라갔다. 우리의 고관대작들이 힘들여 온갖 보장을 남발하고, 거리 곳곳에서 손나팔을 만들어 난데없이 혁명 수업을 강연할지라도 군중은 그들의 머리를 주먹으로 툭툭 치고 힘차게 엉덩이를 발로 찼다. 대표단이 위원회가 열리는 대리석 궁전에 들어서자 포병을 파견한다는 약속은 일언반구 설명도 없이 물거품이 되었다. 위원회 동료들은 분개했고 대표단의 옷이 걸레가 되었다며 점잖은 신분에 걸맞은 옷을 빌려주었다. 이는 그들과 민중의 첫 번째 만남이었고 그들은 이쯤에서 끝내고 싶었다.

허공 위의 판자

절망에 빠진 군중은 불을 질렀다. 우선 두엄 수레 두 대에 불을 질렀다. 몸통이 굵은 구렁이가 바닥을 기어가다가 성벽을 타고 올라갔다. 악취가 나고 눈이 따가웠다. 기침이 너무 심해 폐가 쏟아져 나올 것 같았다. 작업복 자락으로 입을 막았다. 연기가 안마당을 점령했다. 아무것도 보이지 않았다. 바스티유가 연기 속으로 사라졌다. 성채에 불이 붙지 않으니 군중은 부속 건물에 불을 질렀다.

불이란 참 경이로운 것이다. 파괴하는 불은 한결 더 아름답다. 푸르스름한 작은 불꽃이 왕관처럼 퍼지며 대들보를 물어뜯었다. 문틀은 커다란 횃불이 되었다. 벽은 안에서부터 타오르는 것 같았다. 사람들은 바라만 보았다. 안마당 막사들이 타들어 갔고 모든 사람이 이를 바라보았다. 시선은 불타 사라지는 것들의 윤곽선에 몰려 있었다. 사람들은 온몸이 최면에 걸린 것처럼 움츠러들어 자기 생각에만 빠져 있었다. 가끔 불이 어떤 모양을 만들고, 수정 구슬처럼 그 안에서 여러 이미지가 스쳐 지나가며 징조와 형상이 펼쳐질 것이라는 말이 있었다.

7월 14일에 여러 거인들이 있었다. 들로름, 윌랭. 그리고 여기 레올이 있었다. 그는 신의 이름을 가졌다. 실명은 메르시에이며 술장수였다. 사람들은 그를 〈사랑 만세〉라고도 불렀다. 연기는 그가 좋아하는 것이 아니었다. 이런 짓은 시간 낭비라고 생각했다. 아무것도 보이지 않았고 싸울 수도 없었다. 마당에서 타고 있는 수레 두 대를 치워야 했다. 그는 도와 달라고 외쳤다. 수레 손잡이를 들어 올렸다. 커다란 바비큐 조리대를 들어 올리는 것 같았다. 영차, 하고 들어 올려 반걸음 나아갔다. 수레를 〈잠깐! 내려놓자〉 했다. 한 사람의 머리카락이 불길에 그을렸다. 그가 카니베에게 발길질을 했다. 아이는 수레 아래로 숨었다. 재와 연기를 피워 올리는 수레 대열은 불타는 막사를 따라 나아갔다.

*

　도개교가 내려졌고 쇠사슬은 잘렸지만 살문이 여전히
통로를 가로막고 있었다. 군중은 무리 지어 작은 다리로
몰려갔다. 남자들이 거대한 살문 틈으로 포구를 끌어올
렸다. 똘똘 뭉쳐 철책을 지탱하며 커다란 주물 포신을 밀
고 나간 후에 포구의 방향을 돌렸다. 윙베르도 일을 거들
었다. 진지한 싸움꾼 골리에가 쇳덩이에 손가락이 **갈렸다**
고 비명을 질렀다. 포가를 천천히 들어 올렸다. 그의 손
은 이미 한 점의 고깃덩어리에 불과했다.

　성채 입구에서 사람들은 천천히 대포를 포가 위에 거
치했다. 그리고 다리를 마주 보고 있는, 성채 아래쪽 맨
앞자리까지 굴리며 내려갔다. 마당을 지날 때는 두 구의
시체를 피해 돌아갔다. 그중 하나는 하늘을 바라보며 입
을 벌리고 누워 있었다. 청동 포구가 마지막 남은 도개교
를 겨냥했다. 시암 왕이 선물한 작은 대포도 바스티유를
향해 설치되어 있었다.

윙베르는 마치 작업대 앞에 서듯 대포 뒤에 자리 잡았다. 스위스 출신의 보잘것없는 시계공이 포구에 화약을 붓고 막대기로 다져 넣자 병사가 포탄을 장전하고 꽝. 윙베르, 그는 한 번도 그런 일을 해본 적이 없었고 원래 정밀한 기계, 시계 같은 물건만 다루었다. 그런데 오늘 성채를 향해 포격을 한다. 대포가 쿨럭, 첫 번째 기침을 하고, 다시 두 번째, 세 번째, 네 번째, 다섯 번째, 여섯 번째 기침을 토해 냈다. 주물 포탄들은 석회질 벽에 상처를 내고 해자 속의 연꽃과 쥐 들 사이에서 화려한 비행을 마무리했다. 그래서 이번에는 성문을 부수는 계획을 세웠다. 대포를 보다 가까이, 석교에 거치해야 했다. 대포들을 그랑드쿠르 거리까지 끌고 간 다음 결연히 바스티유 코앞까지 밀고 갔다. 그리고 도개교 몇 미터 앞에 대포를 배열했다. 그것이 마지막 장애물이었다.

성채 안에서는 잠깐 동안 대공포가 일어났다. 대포들이 목재 성문을 겨누고 언제라도 뚫어 버릴 기세였다. 조금 떨어진 데서는 두 대의 수레가 아직도 불타고 있었고 연기 때문에 눈이 따가웠다. 마당 안에서 먼지가 소용돌이치며 떠다녔다. 인근의 모든 창에서 바스티유를 향해 사격을 가했다. 대포들도 뒤질세라 불을 뿜었다. 윙베르는 성채에서 쏜 총탄에 쓰러질 뻔하다가 다시 몸을 일으켜 시체를 밟고 일어났다. 사람들은 거대한 문을 향해 대포를 쏘았다. 첨탑 꼭대기에서 총알이 비처럼 쏟아지며 앞장서서 도개교로 진입한 사람들을 쓸어 버렸다.

거기에 있던 폭도들은 돌연 도개교 문의 조그만 구멍에서 새싹처럼 움트는 **쪽지** 하나를 보고 화들짝 놀랐다. 원래 방어용 총안으로 쓰이는, 죽음을 일으키려고 뚫린 구멍인데 종이 한 장이 미끄러져 나왔다. 이 짧은 전통문은 아주 작은 방수용 종이에 작성된 것이었다. 둘둘 말려 작은 피리 모양이었다. 마치 은밀하게 연애편지를 건네는 것 같았다.

폭도들은 편지를 가져올 방법을 찾았다. 사방에서 소리를 치며 쪽지를 읽고 싶어 안달이 났다. 수백 년 동안 우리는 이런 쪽지, 어쩌면 사과의 편지 같은 것을 기다렸다. 이제 다 끝난 일이고, 함께 나누어 갖자, 지난 일은 질 나쁜 농담이고, 그런 이야기는 다시 언급하지 말자, 이제는 르 냉의 그림을 다시 꺼내 걸고, 권주가를 부르자, 쥐꼬리만 한 월급, 모욕 따위는 이제 끝났다, 하는 내용의 편지를.

이쪽 편 사람들은 절벽 끝에 서 있는 기분이고 편지는 저쪽에 있어서 가져올 길이 없다. 사람들이 타버린 주방에서 나무판자를 뜯어내려고 했다. 헛수고였다. 그때 리보쿠르라는 남자가 목수 르마르샹의 집으로 달려갔다. 위기의 순간, 모두 갑론을박으로 치닫는 순간에 보여 준 멋진 결단이었다. 나무판자를 얻으려면 목공소로 가야 한다. 다들 무엇을 해야 할지 몰랐고, 중대한 역사적 순간이 아주 평범하고 기본적인 재료 하나 때문에 발목 잡혀 있었다. 해자를 건너 쪽지를 가져오려면 판자가 필요하다. 판자는 목공소에 있게 마련이고 가장 가까운 목공소는 투르넬 거리에 있으며 목수 이름은 르마르샹이다. 그래서 리보쿠르는 생탕투안 거리 쪽으로 뛰어갔다. 바스티유를 벗어나는 구부러진 길에서 사람들은 역방향으로 뛰어가는 그를 보고 무슨 짓이냐고, 어디를 가느냐고 물었다. 판자 찾으러! 그가 대꾸했다. 사람들은 그를 미친놈 취급했다. 바스티유 점령을 목전에 두고 나무판자를 찾으러 뛰어다닌다니! 이 리보쿠르는 소문난 날쌘돌이였다. 그는 빠르게 뛰었다. 블랑망토에 살고 있었기에 동네 길이라면 속속들이 알고 있었다. 목공소는 투르넬 거리 초입에 있다. 자, 가자! 그런데 거리는 인파로 가득했고 리보쿠르는 지쳤다. 50세를 코앞에 둔 나이였다. 게다가 다른 사람들처럼 아침부터 현장에 있었다. 우리는 이미 인파 속에서 그를 본 적이 있다. 리보쿠르는 곤경에 처한 1차 대표단의 장교 꼬맹이 블롱을 구한 적이 있다. 블롱이 군중에게 몰매 맞아 죽을 뻔했지만 리보쿠르가 수완을 발휘해서 구해 냈던 것이다.

우리의 주인공은 인파를 헤치고 가는 중이다. 사람이 얼마나 많은지! 시청에서 포부르까지 모든 것을 휩쓸고 지나가는 인파를 거슬러 달려가는 이 남자가 무엇을 하려는지 아무도 몰랐다. 리보쿠르는 도취되었고 심장은 터질 듯이 요동쳤다. 모두가 그를 기다리고 있었다. 그는 마치 연극의 대단원이 펼쳐지는 순간 무대를 비워 두고 떠나는 배우, 조금은 그런 사람 같았다. 거리에서 리보쿠르를 밀치는 수만 명은 그 없이는 다음 장면으로 넘어갈 수 없으며, 그가 그런 기대를 한 몸에 받은 존재라는 사실을 몰랐다. 빌어먹을 악마의 판자가 필요했다. 인간과

신 사이에 허공이 가로놓였으니, 그것을 건너가야만 한다. 리보쿠르는 나무판자, 임시변통으로 가설하는 다리를 생각해 냈고, 목수 르마르샹도 잘 알았고, 그의 목공소가 어디에 있는지 손바닥의 손금처럼 알았으니 군중이 앞을 가로막는다고 더 이상 지체할 수 없는 노릇이었다! 하느님 맙소사, 그는 땀에 흠뻑 젖었다. 견딜 수 없는 가마솥 더위였다. 서로 얼굴을 스치고 입술이 닿을 정도로 인파로 붐비는 길을 뛰어가며 무수한 시선과 마주치고, 땀내를 느끼고, 아름다운 여자에게 한눈을 팔고 몇 마디 추파도 던졌지만 상대는 들은 척도 하지 않았다.

이제 르마르샹의 집에 도착했다. 그는 2분의 2박자 속도로 설명했다. 바스티유는 곧 함락될 것이다. 나무판자 하나가 필요하다. 당장. 그는 이해했다. 마침 판자가 열한 장이나 있는데 제품을 설명할 시간이 없으니 몽땅 가져가자. 내가 따라가 주마. 두 남자는 다섯 장, 여섯 장으로 나눠서 짊어졌다. 그들은 하필 축제의 절정, 7월 14일을 이삿날로 잡아 부엌 살림 거리, 혹은 소파 따위의 짐을 옮기는 사람처럼 나무판자를 짊어지고 순교자인 양고통을 감수하며 인파 한복판으로 뛰어들었다.

드디어 리보쿠르는 열한 장의 판자를 갖고 돌아왔다. 그중 가장 길고 튼튼한 것을 해자를 가로질러 다리까지 닿도록 길게 밀었는데 아무래도 폭이 너무 좁고 출렁거렸다. 판자가 다리가 될 수는 없는 노릇이다. 건너편에서 편지는 여전히 그들을 기다리고 있었다.

바깥의 군중은 무슨 일이 벌어지는지 도통 알지 못했다. 사람들은 동료의 어깨에 목말을 타고 고래고래 악을 썼다. 뭔 일이 벌어지는지 알고 싶단 말이야! 판자를 걸치는 중이야, 하고 누군가 대꾸했다. 판자? 아마 이상하고 엉뚱하고 기괴한 답이고, 한편의 희극 대사처럼 들렸을 것이다. 그렇다. 맞아. 우리를 웃기려고 농담을 한 것일 거야. 나중에 그들은 혀를 삐죽 내밀었다.

줄광대

한 남자가 나무로 된 길을 아슬아슬하게 걷는다. 〈오〉하는 소리가 터져 나오고 다시 정적. 인근 거리에서는 소문이 일파만파로 퍼져 나갔지만 큰 마당에서는 모두가 입을 다물고 있었다. 첨탑의 초병들도 그를 보려고 몸을 숙였고 창가의 총구도 예의 광대를 따라 움직였으며 도개교 주변의 모든 사람이 나무판자 위에서 춤추는 남자를 보려고 기웃거렸다. 바로 그 문제의 남자 미셸 베지에가 갑자기 몇 발짝 움직였다. 모든 관심이 그에게 집중되었다. 더 이상 바스티유는 없었다. 프랑스 왕국도 없었고, 파리에는 아무도 없었다. 오로지 미셸 베지에 외에는 아무도 없었다. 물론 아무도 그를 몰랐다. 38세에다 마엔의 트리니테 출신이며 남루한 옷차림의 구두 수선공으로 코르시카섬에서 병졸 생활도 했다. 아마도 군대에서 광대 짓에 맛을 들인 것 같은데 당시에는 코르스곶 술이나 친차노 술이 없었을 테니 도금양 술을 마시고 취중에 그런 기질이 생겼을 것이다. 하지만 그날은 진지했고 남을 웃기는 짓은 하지 않았다. 새들이 요란하게 울었다. 서풍에 실려 작은 먼지가 날렸다. 쏟아지는 시선, 그것이 이 소시민에게는 너무 부담이 되었을 것이다. 나무판자가 부르르 떨렸고 마엔의 소시민 미셸은 바닥으로 떨어졌다. 심연 속으로 떨어지며 뭔가를 조심하는 몸짓을 했다고 말할 수도 있으리라. 그의 모습은 우스꽝스럽고 동시에 장엄했다. 그것은 단순한 일화이거나 상징일 수도 있다.

필설로 형용할 수 없는 웅성거리는 소리가 피어올랐다. 제각기 무슨 일이 벌어졌는지 알고 싶어 했다. 몸을 숙여 내려다보았다. 욍베르는 미셸이 죽었다고 주장했다. 다른 이의 주장은 다소 경박하고 산만했다. 해자 속의 쓰레기와 수초 속에서 죽었다고 믿었던 미셸이 신음하며 팔꿈치를 기대고 몸을 세웠다. 뼈가 부러졌다. 사소

한 사건이 인간의 역사와 뒤섞이고 평범함이 이상을 동반한다니 묘하다. 앙시앵 레짐과도 동떨어지고, 이상이라곤 찾아볼 수 없는 명예의 수사학, 그리고 군주제 시대, 그러니까 바야르나 태양왕 시절의 윤색한 위대한 일화와도 한참 동떨어진 이야기다. 인간의 의지가 가공할만한 단계로 건너뛰어야만 하고, 현재가 과거와 단절되기로 작정한 순간, 어떤 자가 멍청하게 자기 얼굴을 박살냈다. 하지만 이를 숭고하게 포장하는 손길이 있었다.

조그만 열쇠 구멍으로 바깥 광경을 내다보던 바스티유의 대령은 그것은 엘리야[27]의 현신이라고 주장했다. 용감한 엘리야는 모든 설화의 조커이다. 그날 저녁 그는 민중에게 몰매를 맞을 뻔한 바스티유 요새 지휘관을 구하려고 했다. 부르주아의 눈에는 그런 행위를 한 사람이라 건전한 시민으로 보였고 이제 점잖은 폭도 이미지를 체현한 인물이 되었다.

또 다른 가설에 따르면 마야르라는 사람이 혁명기에 빼어난 업적을 세웠다. 이건 더 흥미롭고, 또한 더 어둡

27 구약 성서 열왕기에 기록된 이스라엘 왕국의 예언자. 바알 숭배를 타파하여 여호와의 승리를 보여 주었다.

고 끔찍하다. 마야르는 아메리카인 푸르니에, 흑인 들로름처럼 혁명의 천민, 과격분자, 봉기로 끓어오르는 세상의 흐름에 올라탄 사람 중 하나이다. 22세로 혁명 기간 내내 매우 적극적인 역할을 맡았다. 이 일은 10월 베르사유 궁전을 향한 여인들의 행진과 관련이 있다. 국민 의회석상에서 마야르는 〈우리는 빵을 달라고 베르사유에 왔다〉라고 선언했다. 그러고는 한 달 후 생자크 구역으로 이사했다.

마야르는 가장 격동적인 정치 활동에 끊임없이 몰두했다. 시대의 흐름에 발맞추어 앞으로 나아갔다. 카페에서 토론하고 계획을 짜는 그의 모습을 쉽게 볼 수 있었다. 그러다가 누아예 거리에 있는 숄라의 가게에서 로시뇰, 우아스같이 선동적인 회보를 쓴 사람들이나 여차하면 봉기할 태세인 여타 반란 세력과 어울렸다. 그는 세상사를 감지하는 풍향계 같은 사람이었다. 1792년 10월 10일, 이번에도 적극적이고 단호하게 사건 현장에 들러붙었다. 마야르는 장팽몰레 거리로 이사했다. 9월 대학살 사건에서도 들로름, 푸르니에와 마찬가지로 현장에 있었다. 회색 옷차림에 칼을 찬 이 사람은 재판관이었다. 그는 좌절한 시민의 목숨을 구했다. 그리고 또 이사를 했다. 시청 앞 빵집이 마지막 거처가 되었다. 혼란한 시절 스타니슬라스마리 마야르의 역할은 날이 갈수록 비극적이며 불편하고 잔혹해졌다. 마야르, 그에게 그런 역할을 맡긴 사람은 아무도 없었다. 선거에 나선 적도 없었고 유명 인사도 아니었으며 그저 혁명의 지난한 흐름을 따라갔을 뿐인데, 이러한 행보는 거리에서 시작되었다. 그는 양철공, 무두장이, 수프 장수 등 모든 사람과 함께 있었다.

나중에 마야르는 쓸쓸해졌다. 밤에 잠을 이루지 못했다. 침대에 누운 아내를 내려다보았다. 촛불은 희미했다. 그는 발을 끌며 창가로 다가갔다. 센강에 긴 그늘이 드리워져 있었다. 몇 시인지 알지 못했지만 밤이 아주 깊은 시각이었을 테고 온몸이 아팠다. 삶은 그렇게 지나갔고, 마야르는 그것을 알았다. 아! 맨날 습관적으로 분노에 차 있던 그이지만 이제는 아주 작은 행복, 거의 아무것도 아닌 아주 소소한 행복이라도 누리기를 바랐다. 아내는 저기에 잠들어 있다. 마야르 자신은 아주 작은 것에도 만족하며 살 수 있다고 생각했다. 얼마 전부터 그들이 살고 있는 작은 방 두 개와 가끔 하는 강변 산책으로도 만족할 수 있었을 것이다. 다른 사람들처럼 아무 직업이나 하나 가질 수도 있었을 것이다. 가슴이 불처럼 뜨거워져 기침을 하며 떠올린 생각이다. 그는 다시 자리에 앉았다. 이제 힘이 다 빠졌다. 지난 5년간 잠을 제대로 자지 못했다. 하긴 로베스피에르, 비요, 콜로 같은 사람들도 마찬가지라 다들 지쳐 있었고 푹신한 흙바닥에 길게 누워 자고 싶어 했다. 집에 돌아가 식탁에 앉아 느긋이 식사하고 그릇을 닦고 좋은 책을 뒤적거리다가 잠을 자는 것, 그런 일을 하지 못했다. 그렇다. 그들은 식탁 구석에서 꾸역꾸역 먹고 허겁지겁 사랑을 나눴다. 그의 청춘은 그렇게 지나갔을 것이다. 처음에는 뜨거운 소용돌이가 일었다. 가슴에 희망이 가득했다. 행복했다. 하지만 소용돌이가 차갑게, 아주 차갑게 식어 버렸다. 그렇다. 마야르는 평안한 삶, 누가 알랴, 아기도 있으면 좋았을 테고, 심지어 서재도 없으란 법은 없고, 유람도 좀 하는 그런 삶을 원했을 것이다. 그러나 마야르가 본 것은 오로지 센강의 소용돌이뿐이었다. 뒤죽박죽된 파리 외에는 아무것도 보이지 않았다. 그는 포도주를 잔에 조금 따랐다. 시청 시계탑이 5시를 알렸다. 마야르는 방을 힐끗 둘러보았다. 아무것도 없다. 죄다 잿빛이다. 그는 등잔 아래에서 천천히 담뱃대에 담배 가루를 채웠다. 담배에 불을 붙이고 한 모금 빨자마자 기침이 나오기 시작했다. 그는 담뱃대를 내려놓고 아내를 깨우지 않으려고 복도로 나가 기침을 했다. 피가 나왔다.

시간이 흘렀다. 해가 떴다. 마야르는 침대에 길게 누웠다. 나이는 30세이다. 초상화를 보면 투박하고 나이보다 늙어 보이며 턱은 쪼글쪼글하고 코는 치켜 올라갔으며 입술은 강건해서 표정에 가혹하고 피곤한 무엇인가가 깃들어 있다. 과거로 거슬러 올라가기 전에 편지를 쓰고 있는 마야르를 살펴봐야 한다. 파란만장했던 삶의 끝, 경관들이 문 앞을 지키는 집 안의 등잔 밑에서 병들고 허리도 꾸부정해져 거듭 허브 차를 마시며 파브르 데글랑틴에게 보낼 해명서를 쓰는 마야르를 상상해 보자. 어둠 속에서 셔츠에 붉은 별 같은 피를 토한, 혁명이 스치고 지나간 30세의 늙은이, 서류 뭉치에 파묻혀 가난하고 분노에 찬채 죽어 가는 이 마야르에게 우리는 손을 내밀어야 한다. 물론 그의 문장은 조금 격렬하고, 아마 장황할지도 모르지만 진실의 악취를 풍긴다. 마야르의 글은 격노와 초조

함의 냄새를 풍기고 위기에 처해 항상 위협을 받는 듯했다. 바로 그런 마야르, 허름한 집에서 아내의 간호를 받은 30세의 마야르, 병들어 피를 토하지만 또한 전투적인 마야르, 펜을 들었지만 칼도 들었던 마야르, 남자와 여자, 가난한 사람과 어린아이에게 말을 걸었던 마야르, 기름등잔 냄새가 방 안을 가득 채우는 가운데 입가에 가느다란 피 흔적이 말라붙은 모습의 마야르, 우리는 이런 마야르에게서 벗어나 시간을 거슬러 다시 7월 14일의 마야르를 보아야 한다.

병든 마야르의 팔을 부축하여, 한때 허리도 굽지 않고 누렇게 처지지 않은 멋진 눈을 빛내던, 건장한 22세의 젊은 남자이던 시절로 그를 데려가기로 하자. 낡은 잠옷 차림에 머리카락도 헝클어진 모습이 아니라 까만 머리를 뒤로 묶었던 시절의 마야르. 큰 주머니가 달린 회색 옷과 혼색 양말을 신었던 모습. 그래서 늙은 마야르가 젊은 모습으로 변하면 허공을 가로질러 그를 7월 14일로 데려가자. 미셸 베지에는 바닥으로 떨어져 뼈가 부러졌다. 이제 그의 차례가 되어 스타니슬라스 마야르는 균형을 잡고 서 있다. 군중은 그에게서 눈을 떼지 못한다. 확고한 자세로 두 팔을 균형 막대 삼아 한 걸음, 그리고 또 한 걸음 내디디며 1미터, 2미터 나아갔고 공간이 확장되고 부풀어 올라 다시 셋, 넷, 다섯, 여섯 걸음 걸었다. 한 남자, 마야르는 마침내 성채에 이르렀다. 그는 시스티나 성당 천장화에 묘사된 인물처럼 손을 길게 뻗어 조그만 쪽지의 끄트머리를 잡았다.

돌아오는 길은 망설이지 않고 아주 빨리 걸어 글을 읽을 줄은 모르지만 하필 우연히 거기 있었던 클로드 드갱에게 쪽지를 건넸다. 그는 쪽지를 엘리에게 넘겼다. 군중은 귀를 기울였다. 〈우리는 2만 통의 화약을 가지고 있다. 당신들이 바스티유의 항복을 받아들이지 않는다면 우리는 이 동네와 부대를 날려 버릴 것이다.〉 다른 사람의 입을 대신하는 오지랖 넓은 충동에 의해 엘리가 곧바로 대답했다. 〈우리는 항복을 받아들인다!〉 비명 같은 비난의 소리가 한꺼번에 터져 나왔다.

잠깐 마찰이 일었다. 군중은 포위당한 사람들이 명예롭게 성채에서 빠져나가는 식의 타협을 원치 않았다. 그들은 단순명료한 항복을 요구했다. 네 명의 부상자를 동반하고 바스티유 소장이 궁륭 아래로 내려와 호주머니에서 열쇠를 꺼냈다. 그는 여전히 망설였다. 군중이 소리쳤다. 〈다리를 내려라!〉 드 로네는 이마가 땀에 젖고 시선은 초점을 잃었다. 스위스 용병들은 이제 끝났다, 문이 곧 열릴 테고 자신들은 거역할 수 없는 힘의 논리에 따라 끌려가고, 밀쳐지고, 학대당하다가 아마도 죽임을 당할 것이라고 직감했다. 피가 얼어붙었다. 그리고 내심 저 사람들, 그들의 얼굴과 눈과 입 모양, 그토록 많은 군중, 평소 잘 알고 지냈으나 오늘 강렬한 욕망을 불태우는 구두 수선공, 생선 장수를 보고 싶었다. 갑자기 그들이 일면식도 없는 사람들처럼 느껴졌다.

15분이 지났다. 눈먼 여자처럼 끊임없이 소문이 떠돌았다. 아무 일도 벌어지지 않으니 결국 군중은 흩어져 제각기 대포 뒤로 돌아갔다. 다시 사격을 할 태세이다. 순간 드 로네의 마음이 돌변했다. 기진맥진하여, 혹은 자신도 딱히 이유를 모른 채 작은 다리를 내리라고 명령했다.

다리가 땅에 부딪히자 마치 두 세계의 손이 닿는 것 같았다. 대번에 마야르, 꼬마 카니베, 드갱, 투르네, 숄라, 엘리, 월랭, 아르네, 윙베르, 모랭 형제, 모두가 돌진했

다. 그러나 도개교 뒤의 문은 여전히 닫혀 있어서 발길이
막혔다. 문을 두드렸다. 조그만 문이 민중과 성채 사이에
가로놓여 있었다. 바스티유는 이제 누구나 문을 두드릴
수 있는 평범한 집이 되었다. 그러자 잠에서 깬 호텔의
야간 경비원처럼 불구자 하나가 문을 빼꼼히 열더니 거
창한 사건에 걸맞은 수사학은 완전히 무시하고 무슨 일
로 왔느냐고 정중히 물었다.

대홍수

인간의 대홍수였다. 바스티유로 인파가 몰린 것은 아마 5시가 조금 지난 때였을 것이다. 안마당에는 부상자와 스위스 용병이 정렬해 있었다. 호주머니에 못과 사냥용 총알을 가득 채운 폭도들이 아우성쳤다. 〈무기를 버려라!〉 장교 하나가 명령을 무시하자 사람들이 달려들어 칼을 빼앗았다. 장바티스트 윙베르는 왼쪽 계단 쪽으로 뛰어가 네 계단씩 성큼성큼 올라갔다. 나선형 돌계단이라 현기증이 났다. 모든 일이 순식간에 벌어졌다. 윙베르는 아무에게도 부딪히지 않고 수백 계단을 뛰어오르며 구르고 기고 타고 올라가 마침내 탑의 꼭대기에 다다라 흥분이 고조되어 숨을 헐떡이다가, 문득 혼자 올라왔음을 깨달았다. 그는 첨탑에 올라 아래쪽에서 성채의 목줄을 죄고 있는 군중을 내려다보았다. 온통 사람들로 가득했고 도시 전체가 바스티유로 몰려들고 있었다. 아직도 간간이 총성이 울렸다. 하늘은 어두컴컴했다. 그리고 윙베르는 혼자였다. 이 세상 꼭대기에 홀로 서 있었다. 윙베르는 모든 것을 보고, 또 알았으며, 최초의 인간이었다.

그러나 꿈은 끝나고 윙베르는 등을 돌린 채 웅크린 병사 하나를 보았다. 스위스 용병은 그를 보지 못했고 아마도 바스티유가 함락된 것도 모를 터였다. 윙베르는 곁으로 천천히 다가갔다. 총대 끝으로 병사의 등을 겨냥했다. 그의 얼굴은 보이지 않았다. 그것은 장식용 동상의 그림자, 굳어 버린 그림자에 불과했다.

윙베르는 소리 질렀다. 〈무기를 내려놔!〉 그자는 겁에 질린 표정으로 돌아누웠다. 귀엽고 작은 얼굴이었다. 그는 금세 무기를 내려놓고 징징 울면서 자기도 제3신분이며 마지막 피 한 방울까지 바쳐서라도 제3신분을 보위할 것이며 총은 한 발도 쏘지 않았다고 주장했다. 윙베르는 그의 총을 주워 한 발짝 다가가 그의 배에 총검을 들이댔다. 물컹물컹한 뚱보의 배, 사단 병력을 먹이고도 남을

순대를 만들 수 있을 만큼 커다란 대창자, 소창자 같은 내장이 가득한 둥그런 배였다. 울퉁불퉁하고 가스가 들어찬 동굴이며 가죽 자루, 하복부, 상복부, 기다란 관이 가득 찬 배였다. 어쨌거나 윙베르는 살인광이 아니었다. 이웃을 사랑하는 사람이며 성품도 잔인하지 않았다. 그는 병사의 탄약 주머니를 압수하고 재빨리 돌아서서 대포를 아래로 떨어뜨려 사용하지 못하게 하려고 했다. 무거운 캐노피 같은 구름 아래에서 순식간에 일이 벌어졌다. 스위스 용병은 더 이상 움직이지 않았다. 윙베르는 그에게서 눈길을 떼지 않았다. 그런데 대포 위로 몸을 숙여 시커먼 몸체에 눈을 바짝 들이대는 순간, 다른 쪽 탑에서 발사된 총알 하나가 그의 까만 옷을 뚫고 목덜미를 관통했다. 하관이 일그러졌고 몸이 쪼그라든 것처럼 보였으며 갑자기 너무도 연약해 보였다. 목이 온통 새빨개졌고 아주 강력한 무엇인가가 그를 붙잡고 밀고 흔들었다. 그는 쓰러졌다. 머리가 돌에 부딪혔고 눈앞이 캄캄해지면서 정신줄이 툭 끊겼고 아주 깊고 축축하고 뜨거운 고통이 몸 안에서 사라졌다. 잠시 후 윙베르는 계단 위에서 의식을 되찾았다. 스위스 용병이 그의 어깨를 붙잡고 흔들었는데 상처 부위에서 출혈이 심했다. 용병이 그를 거기까지 끌고 온 것이다. 땀방울이 얼굴에서 반짝거리는 두 사람은 서로 마주 보았다. 용병은 상처에 감싸려고 자기 셔츠를 찢었다.

사람들은 사방으로 뛰었다. 제각기 자기가 믿는 가장 빠른 길을 골랐다. 로시뇰은 또 다른 첨탑 위로 올라갔다. 올라가다가 문이 잠긴 작은 감옥을 발견하고 빗장을 풀었다. 그곳에 미남이지만 창백한 청년 한 명이 있었다. 그를 풀어 줄 수 있게 되어 얼마나 기뻤는지! 그는 기뻐서 날아가듯 계단을 다시 올라갔다. 꼭대기에 도착해서 빵 굽는 남자 모랭을 발견했다. 그는 형제들과 함께 대포의 방향을 돌리고 있었다. 그들은 소매를 걷어붙이고 마치 빵 굽는 일을 하듯 함께 작업했다. 그중 하나는 입에 담배를 물고 있었을 수도 있다. 다른 형제는 허공에 침을 뱉었다. 대포는 무거웠지만 밀어 옮기는 데 성공했다. 승리자의 명단에 제빵사 모랭이란 이름은 분명히 올랐지만 이외에는 아무것도 알 수 없다. 첨탑 꼭대기에 올라가자마자 그는 하늘 속으로 녹아 사라졌다. 명단 속 그의 이름 아래에는 구두공인 또 다른 모렝이 올라 있다. 어쩌면 형제 중 한 명인지도 모른다. 그는 30세이다. 에노크라는 지방 출신이라는데, 분명 제대로 발음하지 못했거나 철자를 틀리게 쓴 것 같지만 어쨌거나 커다란 강이나 마음씨 좋은 가부장을 떠오르게 하는 지명이다. 이 모렝 역시 간략한 이력만을 남기고 역사의 어둠 속으로 사라졌다.

나는 이제 군중 한가운데에 끼어 바스티유로 들어간 흑인 들로름을 상상해 본다. 그도 뛰다가 복도에서 길을 잃고 감옥 속으로 들어가게 된다. 여전히 불타는 마차의 연기가 탑 꼭대기까지 올라온다. 장난감 상자에서 튀어오르는 악마의 머리처럼 드문드문 열린 창문 밖으로 머리들이 튀어나왔다. 아래쪽에서는 모든 구역에서 사람들이 도착했다. 해가 다시 나타났다. 얼굴들이 타올랐고 옷들은 지저분했다. 더 이상 서로들 아는 사이도 아니다. 너무도 아름다운 광경이다. 정원에서 덤불숲이 먼지를 뒤집어쓰고 사각거리는 소리를 냈다. 바람이 나무들을 후려쳤다. 위에서 내려다보는 이 세상은 얼마나 아름다운지! 바람이 솟구치고 하늘이 떨어졌다. 마당에는 시체들이 있다. 얼굴이란 얼마나 아름다운가! 책의 한 페이지

보다 훨씬 아름답고 온갖 감정이 솟아나고 잦아들기도 한다. 그러나 죽은 자들은 사람을 슬프고 주눅 들게 한다. 아흔여덟 구의 시신과 셀 수 없이 많은 부상자가 마당에 급조된 들것에, 교회 주변에 누워 있다. 그중 단 몇 개의 이름만 기록되었으니 이는 살아 있는 화석의 작은 부스러기들이다. 브가르, 부티용, 코셰, 풀롱, 캉탱, 그리발레, 푸아리에, 다비드, 팔레즈, 루소, 구르니, 에자르, 데누, 쿠랑사, 블랑샤르, 르바쇠르, 사고, 베르트랑, 에사라, 오프레르, 르노, 고미, 뒤송, 그리고 프로보스트.

반면에 시청을 관장했던 파리 시장 플레셀, 그날 저녁 시민에게 몰매를 맞았던 바스티유 소장 드 로네와 같은 이름은 명확히 기록되어 자료에 남았다. 바스티유 소장의 죽음에 관해서는 요리사 프랑수아 데스노를 신문한 기록이 남아 있다. 플레셀의 경우, 생로슈 성당 장례사의 진술과 직무 기록에 관련 정보가 있다. 그에게는 불행이겠지만 세월이 가도 다른 자료 역시 여전히 보존되어 남았다. 샤를빌 무기 공장 사장의 진술서에 따르면 7월 13일 오후 4시경 사장이 시장에게 총기 1만 2천 정을 제공했다. 하지만 파리 시장은 다음 조치를 하지 않았다.

시민들은 7월 14일 하루 종일 무기를 요청했지만 시장은 무기가 없다고 한탄하며 들어오는 대로 제공하겠다는 약속만 했다. 그 때문에 바스티유 함락이 엄청나게 지체되었고 수많은 사람이 죽었다.

그러나 명단을 빠짐없이 작성하려면 왕의 집에서 보낸 편지 한 통을 추가해야 한다. 이 편지는 1789년 12월 11일 자로 왕이 드 로네 후작 부인에게 **7월 14일 겪은 불행과 손실에 대해 3천 리브르의 연금을 지급한다**고 통고한 것이다. 플레셀의 경우에도 베르제르 거리의 저택과 마레 지구의 성에 밀봉 의사록이 있어서 그가 죽으면서 무엇을 잃었는지 짐작할 수 있는 단서가 남았다. 은총을 받는 행운을 얻지 못한 자에게는 최후의 일격이나 다름없을, 1792년 3월 6일 자 왕의 결정에 의거 시장의 미망인에게 **딱한 처지를 감안하여** 4천 리브르의 상여금을 부여한다는 사료도 남아 있다.

*

8개월 후 1790년 3월 23일 아침 8시 무렵, 마리 블리아르는 모베르의 누아예 거리를 떠났다. 날씨가 추워 어깨에 숄을 걸쳤다. 생세브랭 앞을 지나 생미셸 다리를 통해 궁정 인근의 생루이 거리에 있는, 뒤쇼푸르 경관이 근무하는 경찰서에 도착했다. 필경 세상이 달라졌을 테지만 이 기관 내에는 여전히 단란한 가족적 분위기, 한 가지 삶의 방식, 풍습이 잔존하고 있었다. 경관이 마리에게 불편한 긴 의자에 앉아 기다리라고 했다. 시간이 길게만 느껴졌다. 창구 위의 회벽이 비늘처럼 벗겨졌고 안내 경관은 의자에 앉아 빈둥거리고 있었다.

마침내 마리의 이름이 불렸다. 이어 작은 사무실로 들여보내졌고 뚱뚱한 남자가 자리에 앉으라고 권했다. 그는 더럽고 구멍 난 서지 천으로 지은 허름한 옷을 입고 있었다. 그는 서기였는데, 이름, 성명, 직업을 연이어 묻더니 **방문 목적**이 뭐냐고 했다. 마리는 수다스러운 아낙네의 말투로 사연을 두서없이, 그러니까 자신만의 순서로 털어놓기 시작했다. 팔자타령을 하다가 서기가 본론을 이야기하라고 재촉하니 7월 14일 화요일의 이야기로 돌입했다. 그제야 가로등 점등원인 남편 프랑수아 루소에 관해 이야기했다. 남편은 건전한 사람이며 불평할 거리가 없었다. 그는 바스티유가 함락당한 날 이른 아침에 집을 나서 생탕투안 동네로 갔다. 이 대목에서 서기는 안경을 끼고 말을 끊었다. 그는 남편이 뭘 하러 바스티유에 갔는지 알고 싶었다. 폭도들 틈에 끼려고 갔나요? 사무실 창가로 그림자 하나가 스치고 지나갔다. 마리 블리아르는 어떻게 답해야 할지 몰랐다. 문득 경찰서 사무실에 있는 것이 편치 않게 느껴졌다. 대충 얼버무렸다. 남편은 거기에 장을 보러 갔는데 들리는 말에 의하면 인파에 휩쓸리기도 했고 무슨 일이 벌어지나 궁금하기도 해서 성채 안마당으로 들어갔다고 한다. 그 후로는 남편을 다시 보지 못했다.

서기는 서류철을 열었다. 정적. 그는 서류를 뒤적거렸다. 마리 블리아르는 이 신사분께서 자신의 창자 속까지 살펴보는 동안 움직이지도, 소리 내지도 않으며 죽은 듯이 가만히 버티고 있어야 한다고 생각했는지 꼼짝도 하지 않았다. 서기는 몇 번인가 안경을 내렸다가 올리기를 반복하더니 콧등을 들고 차갑고 느린 말투로 경찰서를 왜 이리 늦게 찾아왔냐고 물었다. 마리 자신도 몰랐다. 얼마 전에야 연금을 받을 수 있을지도 모른다는 소리를 들었기 때문이라고 했다. 남편이 실종된 후부터 생계를 꾸려 가기가 쉽지 않아서 어떤 도움이라도 반가울 것이라고 했다.

동전 한 닢 생기지 않을 사안이라서 서기는 시간 낭비할 이유가 없었다. 그는 잠깐 마리를 혼자 있도록 내버려 두었다. 마리는 주먹 쥔 손을 무릎에 올려놓고 더 이상 움직이지 않았다. 마당에서 개가 짖었다. 문을 여닫는 소리가 들렸다. 이어 서기가 돌아왔다. 손에 서류 한 장이 들려 있었고 손톱에는 잉크가 배어 있었다. 그는 작년에 작성된 조서라고 했다. 7월 14일 저녁 9시 무렵 세 명의 남성이 두 구의 시체를 샤틀레로 운구했다. 그들도 도개교가 열렸을 때 인파에 밀려 행정동 안마당에 들어갔다고 주장했다. 거기에서 두 구의 시체를 발견하고 우선 시청으로, 그리고 샤틀레로 옮겼다고 했다.

세 남자의 신원은 생니콜라 거리에 사는 모자 제조공 자크 콜리네, 피유디외 거리에 거주하는 모자 제조공 질 드루아, 뢰이 거리에 사는 인쇄공 장 바렌이다. 서기는 안경 너머로 눈을 치켜떴다. 당신 남편이 아는 사람들인가요? 마리는 아는 바가 없었다. 서기가 다시 읽기 시작했다. 샤틀레에 그들이 운구한 첫 번째 시체는 단신의 대머리로서 곱슬거리는 회색 모직 바지, 큰 구두, 거친 면 셔츠, 올리브색 윗도리, 흰색 면 조끼 차림이었다. 허리에 큰 상처가 났으며 오른쪽 엄지가 떨어져 나갔다. 묘사는 무미건조하고 기술적이었지만 마리 블리아르는 샤틀레의 어두운 지붕 아래 누워 있는 한 남자, 어찌 보면 이 묘사가 일종의 은밀한 생명을 부여하는지도 모를 작은 시체를 상상해 보았다. 서기는 콧수염을 비비 꼬다가 이 남자의 신원이 확인되었는데 이름이 팔레즈라고 했다. 그러고는 다른 시체에 대한 설명으로 넘어갔다. 마리 블리아르의 심장이 요동치기 시작했다. **성별은 남성, 나이 대략 42세, 옆쪽이 회색인 모직 양말, 하얀 바지 차림.** 이 대목부터 마리의 귀에는 아무것도 들리지 않았고 시신 묘사는 작은 이명으로 변해 묵음으로 변했다. 누아예 거리에서 보낸 가난한 삶, 어린 나이에 죽은 그들의 아기, 고생, 아주 짧았던 행복, 포르슈롱에서 함께한 산책 등 남편과 함께 보낸 일생이 우물거리는 언어 속으로 사라지고, 마치 기억을 전부 앗아가려는 듯 단조로운 말투로 이 모든 일이 낭송되고 있었다. 마리가 뜨개질한 회색 양말,

195

강변 미제르 시장에서 싸게 구입한 바지, 낡은 끈으로 대충 묶어서 신었던 구두, 헌 옷 뭉치에서 찾아냈던 면 손수건, 그리고 프랑수아가 항상 가지고 다녔던 열쇠. 하얀 면 조끼, 삼색 모자, 거친 조직의 셔츠 등 서기가 낭송하는 시 구절이 길어질수록 프랑수아 루소의 육신은 점점 멀어지면서 다른 무엇 속으로 용해되는 듯했다. 그것은 더 이상 시체도 아니고 이름도 아니며 그저 하나의 물건, 장부에 기록된 몇 줄, 그리고 얼른 마무리하기 위해 분류하고 목록으로 만들려 하는 사물로 변해 갔다. 마리 블리아르는 창밖을 내다보았지만 맞은편 벽과 마당 구석에서 담배를 피우는 안내 경관 외에는 아무것도 보이지 않았다. 서기는 멈추지 않고 낡은 손수건과 치명적 상처, 그리고 걸레통에 던져 버린 조끼와 비틀거리며 들것에 실어 샤틀레의 지하 감옥에 내려놓은 시체가 모두 똑같이 그저 상품 소개서의 일부에 지나지 않는 양, 옷차림에서 상처 부위 묘사로 넘어갔다.

총알이 목 이곳저곳을 관통했다. 조서는 오로지 이 사실만을 언급하고 있었다. 갑자기 상처에서 솟아난 피가 마리의 눈에 보였다. 눈에 보이고 만져 볼 수 있을 것처럼 느껴졌다. 칼라가 목을 조이는 것 같고 머리카락이 이마를 가르는 것 같아 머리매무새를 고쳤다. 마리는 작업복 자락을 만지작거렸다. 서기는 펜을 들어 잉크에 적셨다. 굳이 새 종이를 꺼내는 수고를 하지 않고 시신 상태가 설명되어 있는 지면 한구석의 좁은 여백을 채우기 시작했다. 그는 재빨리 이상하게 구불거리는 필체로 기록을 남겼다. 마리는 종이 위에 있는 서기의 손톱을 보았다. 그는 잿빛 머리에 몸집이 퉁퉁한 작은 남자였다. 잉크 색깔은 아주 까맣고 필체는 어찌 그리 가늘던지! 날짜를 옮겨 적은 후 서기는 **우리 왕립 고문단에 출두하여**라고 썼다가 그 위에 줄을 그었다. 성가신 눈치였다. 그리고 다시 썼다. **파리 누아예 거리 17번지 거주, 고인이 된 점등원 프랑수아 루소의 부인 마리 잔 블리아르가 출두.** 그리고 돌연 모든 것이 얼음 속에서 굳어 버렸다. 마리의 이름, 프랑수아의 이름, 점등원이란 직업, 그들의 거주지를 펜으로 한 번 그어 버리니 속이 비워지고 내장이 빠져 버렸다. 고인의 부인, 점등원, 거주란 말만 남았다. 기계적 동작은 계속되어 **상기 여성은 바스티유 점령일 7월 14일에**라고 썼고, 서기가 마리의 말을 옮겨 적는 과정에서 난해한 언어가 마리의 말을 낚아채서는 얇게 저며 토막 내고 삶의 흔적을 깨끗이 씻어 냈다. 살해당한 사람은 더 이상 프랑수아가 아니었다. 마리가 모르는 다른 사람이 되었다. 드디어 운명적인 순간이 다가왔고 서기가 쓰는 단어는 천천히 차가운 계단으로 이어져 바닥에 부딪히는 그의 건조한 발소리가 들렸다. 그는 문득 멈춰 숨을 고르고 시신을 덮은 천을 들추며 그가 글로 옮기는 단어의 음절을 하나하나 끊어 나열했다. **다-음-과 같-이 지-칭-되-는 두-번-째 시-체-는**······. 순간, 마리 블리아르의 심장은 멈추는 듯했다. 사무실 안이 무변광대하게 커지더니 단숨에 아주 작게 쪼그라들었고 **시체**라는 단어가 저기, 책상 위의 종이들 사이에 떡하니 나타났다. 마리는 가슴 밑바닥에서부터 솟구치는 커다란 고통을 느꼈다. 프랑수아와 함께 얻었으나 아비와 마찬가지로 죽은 어린 딸을 생각했다. 그리고 **파리 누아예 거리 17번지에 거주하는, 고인이 된 점등원 프랑수아 루소의 부인 마리 잔 블리아르**만큼이나 자신도 오로지 혼자라고 느꼈고, 철저히 홀로 남았다고 불쑥 느꼈으며, 샤틀레의 감옥에 놓인 가로등 점등원의 시신처럼 외로웠고, 자신이 사랑한 모든 것이 조서에 올라

경찰서 서기가 대충 휘갈긴 건조한 몇 줄의 글로 영원히 남아 있을 것 같았다. 마리 블리아르는 소름이 돋았다. 입술이 굳어졌다. 고개를 들어 앞에 있는 남자를 무섭게 노려보았다. 상대는 마리를 쳐다보지도 않았다. 글을 쓰는 중이었다.

종이 비

어둠이 깔렸다. 수많은 군중이 바스티유의 첨탑으로 올라갔다. 말문이 막혀 멍하니 서 있기만 했다. 하늘은 더 이상 우리를 짓누르지 않았다. 카니베는 난간을 올라타고 말없이 허공만 마주하고 있었다. 아이는 센강, 그 검은 물결을 보고 싶었다. 유명한 역사적 건물을 찾아보려고 애썼고 생퇴스타슈, 생제르베를 손가락으로 가리켰다. 저게 생트주느비에브인가? 높은 곳에 오르면 도취되고 멍해진다. 거리의 포석, 구불구불한 길, 바위를 파서 만든 어두컴컴한 간선 도로 등 모든 것이 저 앞에 있다. 산 위의 모세처럼 모든 것을 보면서도 아무것도 구별하지 못했다. 그의 얼굴 위로 가는 시냇물이 흐른다. 부부들은 허리를 굽혀 내려다보고 젊은이들은 장난삼아 겁을 주려고 서로 밀치고 논다. 서로 사랑하고 키스하고. 여인들은 묶었던 머리를 풀었다. 저기 환한 불빛이 켜진 데가 쿠르티유 동네구나! 그리고 저쪽 불빛은 뷔트오카유 동네고! 사실 그들이 감탄하는 것은 역사적 건물이 아니고 눈에 불을 켜고 어둠 속에서 찾는 것은 커다란 건물이 아니다. 어둠 속에서는 돔, 종탑, 성당 화살탑이 어디 있는지 겨우 짐작만 갈 뿐이다. 그들이 발견한 사물, 그들에게 갑자기 자태를 드러낸 것은 이리저리 얽힌 지붕들, 울퉁불퉁한 벽, 사람의 눈길이 파고들지 못하는 골목의 미로, 굴뚝과 지붕창의 숲, 바로 그들의 도시이다. 그들이 감탄하며 바라보는 것은 바로 이 도시, 그들 손으로 지은 도시이다. 그들은 연신 웃고 또 웃으며 하늘에 총을 쏘기도 했다. 제각기 자신이 본 것을 이야기하고 똑같은 일화, 작은 무훈담이나 공포 체험을 질리도록 이야기하고 또 이야기했다. 수백만 가지 이야기가 쏟아지고 떠돌아다니고 만개했다. 로시뇰은 이제 첨탑에서 내려가려 했지만 올라오는 인파 때문에 엄두도 내지 못했는데, 사람들이 쉼 없이 탑으로 올라오는 모양을 보니 마치 모든 파리 시민이 첨탑을 약속 장소로 삼은 듯했다.

그러고 나서 사람들은 모든 것을 때려 부쉈다. 바스티유 파괴는 곧바로 개시되었다. 허공에 석재들을 떨어뜨렸다. 첨탑 상층부는 잘게 부서져 벌레가 갉아 먹은 것 같았다. 몇 시간 만에 형체를 알아볼 수 없게 되었다. 가구들은 바깥으로 내동댕이쳐졌고 옷가지는 찢기고 모든 것이 파괴되고 약탈되었다. 파괴하고 허무는 것은 얼마나 신나는 일인가! 누구도 내일을 생각하지 않았다. 모든 것을 뒤집고, 던지고, 부수고, 폐지하고 바닥에 내동댕이치길 갈망했다! 그렇게 하면 기분이 좋았다. 한 번도 느껴 보지 못한 쾌감. 월세가 밀린 처지라도, 에라 지금은 잊자! 배가 터진 소파, 다리가 부서진 식탁, 깨진 거울, 한쪽 팔이 사라진 촛대, 똥이 가득 찬 요강 등이 여기저기 널려 있었다. 저녁 끼니 해결할 돈조차 없더라도, 에라 지금은 잊자! 맨발로 춤추고, 허리춤을 풀고, 몸을 섞고, 술을 마셨다. 프즐로는 감옥 안에서 카드놀이를 했다. 르페브르는 관리소장에게 **빌린** 손수건에 정중히 침을 뱉었다. 쇼리에는 창밖으로 오줌을 쌌다. 나베는 여러 옷을 입어 보고 윗도리 몇 벌을 걸치고 모자까지 쓴 후

거울 앞에서 자기 모습을 감상했다. 르루는 복도에서 달리기 놀이를 했다. 루이즈는 바스티유 경비대장의 편지들을 훑어보며 마룻바닥에 촛농을 흘려 가면서 봉인 인장을 녹였다. 마르그리트는 창끝에 가발을 꽂아 흔들고 다녔다. 마리는 죄수의 수갑을 차보기도 했다. 피에르피에르는 먹고 남은 사과 속을 바깥에 던졌다. 위는 감옥소장의 안경을 코에 걸었다가 벽에 부딪히기도 했다. 그리고 트롱숑은 큰 소리로 책을 거꾸로 읽었다. 모두 거기에 올라와 술에 취한 듯 눈이 벌게져 즐겁게 놀았다.

그러나 한편으로 진지한 측면도 있었다. 사람들은 결국 화약을 손에 넣어 제각기 나눠 가졌다. 그날 저녁 모든 군중이 무장했다. 도시의 사방에서 바스티유가 함락되었고 요새의 문이 열렸다고 되풀이해서 외쳤다. 모든 사람이 환희에 사로잡혔다. 승리를 축하하는 축포를 쏘아 올렸다. 일주일 동안 모든 이들이 기뻐했고 우정 어린 포옹을 나누었다. 그중에서도 7월 14일 밤은 파리에서 역사상 전례 없이 가장 요란하고 가장 행복하며 또한 혼란스러운 밤이었을 것이다. 모든 창가에 작은 등을 켜두었다. 모두들 잠들지 말라는 경고가 전해졌다. 비상령이 내려졌다. 시민들은 축제를 벌였지만 한편으로 신경이 곤두서고 공격적이었다. 자정 무렵 남자들이 요란하게 거리를 돌며 악을 썼다. 〈무기를 들라!〉 희열과 경계심이 뒤섞인 상황이었다. 왕실 근위대의 진입이 두려웠기에 미리 준비하고 방책을 모색해야만 했다. 무리 지어 집집마다 돌아다니며 문을 두드리고 창문에 손가락을 부딪치고 간판을 흔들어 소리를 내고 덧문을 여닫았다. 집 안까지 들어가 남자는 모두 나오라고 했고 손에서 손으로 무기를 건넸으며 방범 창틀을 분해하고 철책을 뽑아 내어 창을 만들었다. 파리 전체가 일어섰다. 다시 성당 종이 울렸다. 대포를 쏘아 올렸다. 그리고 인도에서 포석을 벗겨 내니 거리는 엉망으로 뒤집혔으며 도시 전체에 바리케이드가 쳐지고 참호가 생겼다. 낡은 마차들을 뒤집어 놓았다. 거기에 술통과 식탁과 부서진 가구를 쌓았다. 그 뒤에서 사람들은 군인들에게 던질 돌과 온갖 철제 그릇을 쌓아 모아 두었다. 칼과 꼬챙이로 무장한 여자들이 거리를 활보했다. 부르주아들은 겁을 먹었다. 그들이 한 번도 겪어 보지 못한 가장 무서운 날이었다. 하찮은 직업에 종사하는 노동자, 실업자, 떠돌이가 횃불을 밝히고 배회했다. 거리는 모든 이의 소유가 되었다. 창을 벼리고 총알을 주조했다. 국민방위대가 바리케이드를 차지했다. 그들은 웃통을 드러낸 채 밖에 버린 식탁에 팔을 괴고 담배를 피우고 농담을 주고받았다. 그림자 같은 근위대는 노트르담 종탑과 지붕에 몸을 숨기고 주위를 경계했다.

왕실 근위대는 소리 없이 후퇴했다. 그날 저녁 후작들은 잠을 설쳤고 사교계 인사들은 도박장에 가지 않았으며 마차들은 차고에 머물렀다. 사람들은 시청 계단에서 정어리를 구워 먹었고 사무용 책상들은 내다 버렸다. 모든 주변 마을에서 수도의 중심부로 인파가 밀려들었다. 아주 먼 데서 오기도 했는데, 고네스, 세브르, 몽루즈에서 온 사람들도 있었다. 바스티유의 해자에는 이제 쓰레기, 식탁 다리, 장롱 문짝, 기이한 나뭇조각, 자기 대야, 화약 상자, 솔과 빗, 누더기 옷 들이 널려 있었다. 도시는 거대한 환희에 휩싸였다. 춤추고, 노래하고, 웃었다. 그날의 증언에 따르면 전에 없이 활기차고 개방적인 분위기에 사로잡혀 있었다. 희열. 희열이란 것은 매일 찾아오는 것이 아니다. 도처에서 그런 기운이 퍼져 나와 대로와

구불구불한 골목과 퀴퀴한 계단까지 타고 오르고 다락방까지 파고들고 강물에 출렁거리고 문을 뚫고 다리도 끊을 기세였다.

저녁 9시 무렵, 시청에서 부르주아 민병대를 지휘하는 라살 후작이 **총검을 치켜들어 만든 터널**을 지나 미소를 지으며 **바스티유의 승리자들**을 맞이했다. 그들을 포용하고 한바탕 격려를 쏟아 낸 다음 그는 이름을 대보라고 요청했다. 많은 사람이 신분을 밝히기를 거부했다. 그러자 아마도 유권자 의원 에티스 드 코르니, 푸파르 드 보부르가 이제 제집 안방처럼 편해지고 대담해져서 심드렁하게 문고리에 기대어 이름을 대라고 다그쳤다. 자꾸 강요받자 폭도들은 미심쩍기도 하고 화가 나서 뒤로 물러나기 시작했다. 이해할 만도 한 것이, 승리자들 중 일부는 미처 시청에서 작성한 명단에 오르기도 전에 나중에 **과잉** 행동을 빌미로 교수형을 당했기 때문이다. 라살 후작이 위선과 헌신을 가장하고 아버지 같은 말투로 도망치는 사람들에게 돌아오라고 해도 아무 소용이 없었고 그들은 골목길로 냅다 달아났다. 그들은 역사책의 기록에서 도망쳤듯이 교수대도 벗어났다.

*

7월 14일 그날 하루가 지날 무렵 비가 왔다는 말이 있다. 나는 그 말이 사실인지 확신할 수 없다. 의견이 분분하다. 확실한 점은 종이 비가 내렸다는 것이다. 사람들은 바깥에 던져 버린 수형자 명부, 회신되지 않은 청원문, 회계 장부와 같은 법령 자료들이 허공을 떠다니며 빙글빙글 돌다가 지붕이나 나무 위, 시궁창, 그리고 성채의 더러운 해자에 떨어지는 모습을 지켜보았다. 구경거리를 찾아다니는 사람들은 창밖으로 던져진 종이 뭉치, 서류, 공책을 바라보았다. 일종의 적선이거나 아무것도 아닌 모든 것을 기부하는 행위처럼 보였을 터다. 책들이 폭우처럼 쏟아졌고 종이가 눈처럼 내렸다.

우리도 자주 창문을 열어야 할 것이다. 이렇듯 가끔, 미리 계획하지 않고, 그냥 바깥으로 죄다 내팽개쳐야 할 것이다. 그러면 마음이 후련해질 것이다. 구역질이 날 때, 명령에 울분이 터질 때, 당혹감에 숨이 막힐 때면 일

말의 연대감마저 끝내 썩어 문드러지고 만 저 가소로운 대통령 관저의 문을 부수고 들어가 서류철을 훔치고, 문지기를 간지럽히고, 의자 다리를 물어뜯고 옛 추억을 되살리듯 철통같은 벽 아래에서 빛을 찾아야만 할 것이다.

그렇다. 날씨가 너무 우중충하고, 지평선이 너무 암울할 때면 서랍을 열고 돌로 유리창을 깨고 창밖으로 서류를 내버려야 할 것이다. 법령, 법, 조서, 이런 것들 몽땅! 그것들은 천천히 추락하고 주저앉으면서 시궁창에 소나기처럼 떨어질 것이다. 그러면 오일장이 끝난 후 가판대 밑에서 소용돌이치는 기름 먹은 포장지들처럼 밤새도록 서류 뭉치들이 어둠 속에서 굴러다닐 것이다. 그러면 아름답고 재미있고 신날 것이다. 우리는 혼란한 지옥에서 아주 멀리 떨어져서, 날아다니던 종이가 추락하여 흩어지는 광경을 흐뭇하게 바라볼 것이다.

폭력의 기록

　『7월 14일』은 제목 그대로 1789년 7월 14일 하루 동안 바스티유를 둘러싸고 벌어진 일들을 다룬 작품으로, 이 날 프랑스 역사뿐 아니라 근대 세계사에 중요한 사건이 발생한다. 이 이야기의 핵심은 바스티유를 지키려는 측과 빼앗으려는 측 사이에 벌어진 충돌이다. 제한된 시공간을 배경으로 하나의 주제를 집중적으로 다루었으니 아리스토텔레스가 주장한 비극의 원칙에 충실한 구성이라고 볼 수 있겠다. 다만 이제나저제나 주인공의 등장을 기다리며 책장을 넘길 독자의 기대감은 책을 접을 때까지 채워지지 않을 것이다. 본문이 2백 페이지쯤 되는 짧은 이야기에 실존 인물의 이름, 외모, 의상, 출신지, 직업 등이 상세히 묘사되어 있기에 자칫 지루해하는 독자도 생길지 모른다. 소수의 주인공에게 조명을 집중하여 이야기의 긴장도를 높이는 것이 전통적 작법임을 고려할 때, 『7월 14일』은 그와 반대로 분량에 비해 가장 많은 인물이 등장하는 소설로 문학사에 기록될 법하다. 이처럼 작가가 독서의 박진감과 몰입을 방해할 정도로 많은 인물을 등장시킨 이유에는 약간의 설명이 필요하다.

프랑스 혁명도 동서고금의 여느 혁명처럼 불평등과 가난에서 촉발되었다. 민중의 불만이 차곡차곡 혁명의 화약고에 누적되다가 어느 순간 도화선에 불이 붙은 날이 바로 7월 14일이다. 군주와 특정 계급이 누리던 권력이 만인에게 돌아가야 한다는 공화정의 이념이 비로소 빛을 보게 된 것이다. 공화주의라는 단어는 〈만인의 것〉을 뜻하는 라틴어 〈res publica〉에 어원을 두고 있다. 말 그대로 〈만인〉이 주인공이 된 날을 다루는 소설이니 따로 주인공이 있을 수 없다. 인간이라면 그 누구도 역사에서 자유로울 수 없지만 그 역사를 만드는 것 또한 인간이다. 역사의 진정한 주체가 걸출한 인물 한둘이 아니라 다수의 군중이라는 점은 누구나 인정할 만한 평범한 사실이지만 종이에 기록된 인물은 제한적일 수밖에 없다. 그날 바스티유에 모인 민중의 대다수는 주린 배를 채울 빵과 따뜻한 잠자리를 원했을 뿐 자유나 평등같이 추상적인 단어는 염두에 두지 않았을 것이다. 절대다수가 문맹이라 장자크 루소의 책을 읽은 적도 없고 라파예트라는 인물이 누구인지도 몰랐을 것이다.

그들은 역사적 무대의 주인공임에도 제대로 조명된 적조차 없었다. 이로부터 한 세기가 지나서야 비로소 에밀 졸라가 노동자와 농민도 소설의 주인공이 될 자격이 있다고 주장했으니 말이다. 지금껏 공식 역사에 그저 군중, 폭도, 혹은 통계 숫자로만 언급된 장삼이사, 어중이떠중이를 하나하나 호명하여 문자로 남겼다는 점만으로도 『7월 14일』은 일독에 값한다. 작가는 〈사람의 이름은 감동을 불러일으킨다〉라며 그날 그 자리에 있었던 이들을 호명하자고 주장한다. 먼지 쌓인 문서를 뒤져 어떤 이름과 그의 출신지와 직업을 찾아냈더라도 그들에게 생명을 부여하는 작업은 오로지 작가가 감당할 수밖에 없다. 중상을 입고 서서히 죽어 가는 사람의 속내, 그의 시야에 들어온 마지막 풍경, 그의 귀에 들린 희미한 소리를 재현

하는 일은 상상력의 몫이다. 사실 여부를 확인할 수 없으니 역사적 사실은 아닐지라도, 통계 숫자보다 더욱 핍진하게 현장의 진실을 독자에게 전달하는 것이 문학의 힘이다. 작가는 역사적 사실과 문학적 진실을 교직하여 『7월 14일』이라는 텍스트를 만들어 냈다.

뷔야르의 전 작품은 놀라울 정도로 일관성을 유지한다. 강자가 약자에게 행사한 무자비한 폭력을 다루는 주제적 일관성은 모종의 신념이나 이데올로기가 없다면 불가능하다. 그에게 공쿠르상을 안겨 준 『그날의 비밀』은 도드라지는 주인공 없이 부패한 금력과 무능한 권력이 야합하여 미증유의 비극을 일으킨 사건을 이야기하고, 『대지의 슬픔』은 신대륙 원주민을 대량 학살하고 그들을 서커스의 볼거리로 전락시킨 잔인한 인물을 묘사해 독자의 분노를 자아낸다. 또 다른 이야기들은 스페인의 남미 정복, 혹은 벨기에가 콩고에서 자행한 폭력을 주제 삼아 자본주의 발전의 필연적 수단이었던 제국주의를 되짚는다. 신교도 지도자들을 주축으로 일어난 농민 봉기가 잔인하게 진압된 역사를 다룬 작품도 있다. 한편 2022년에 발표된 『명예로운 출구』는 프랑스 식민지였던 인도차이나의 독립 전쟁을 주제로 특히 프랑스가 패한 전투를 처리하는 과정을 꼼꼼히 그려 낸다. 마지막 장에서 뷔야르는 미국의 개입과 호찌민의 승리를 언급하고 다음의 통계를 제시하며 이야기를 마무리한다. 〈프랑스와 미합중국 측에서 40만 명이 죽었다. 베트남인은 최소 360만 명이 죽었다. 후자는 1차 대전 당시 프랑스와 독일의 사망자 수를 합한 것과 맞먹을 정도이다.〉『7월 14일』과 달리 해당 작품에서는 베트남인 수백만 명의 이름과 직업이 특정되지 않고, 〈세계에서 가장 현대화된 군대를 무찌른 헐벗은 농민들〉이라고만 표현된다.

이처럼 에리크 뷔야르의 글감인 역사 속 폭력은 영원히 마르지 않을 우물이다. 장담하건대 그가 아무리 부지런해도 인간의 어리석음은 당할 수 없다.

2022년 10월
이재룡

옮긴이 **이재룡** 성균관대학교 불어불문학과를 졸업하고 프랑스 브장송 대학교에서 석사와 박사 학위를 받았다. 현재 숭실대 불어불문학과 명예 교수이다. 지은 책으로 『꿀벌의 언어』, 『소설, 때때로 맑음』 전3권이 있으며, 옮긴 책으로 장 에슈노즈의 『달리기』, 『일 년』, 『금발의 여인들』, 밀란 쿤데라의 『참을 수 없는 존재의 가벼움』, 『정체성』, 조엘 에글로프의 『장의사 강그리옹』, 『해를 본 사람들』, 『도살장 사람들』, 외젠 이오네스코의 『외로운 남자』, 마리 르도네의 『장엄호텔』 등이 있다.

7월 14일

발행일 **2022년 10월 5일 초판 1쇄**

지은이   **에리크 뷔야르**
옮긴이   **이재룡**
발행인   **홍예빈 · 홍유진**
발행처   **주식회사 열린책들**

경기도 파주시 문발로 253 파주출판도시
전화 031-955-4000 팩스 031-955-4004
www.openbooks.co.kr